世界经典童话小说书系

U0676249

假如我是爸爸

著者/泰戈尔 等　编译/顾晓欢 等

吉林出版集团股份有限公司 | 全国百佳图书出版单位

图书在版编目（CIP）数据

假如我是爸爸／（印）泰戈尔等著；顾晓欢等编译.--
长春：吉林出版集团股份有限公司，2016.11
（世界经典童话小说书系）
ISBN 978-7-5581-2107-4

Ⅰ.①假… Ⅱ.①泰… ②顾… Ⅲ.①儿童故事－作
品集－世界 Ⅳ.①I18

中国版本图书馆CIP数据核字（2017）第065122号

假如我是爸爸

JIARU WO SHI BABA

著　　者　泰戈尔 等
编　　译　顾晓欢 等
责任编辑　李婷婷
封面设计　张　娜
开　　本　16
字　　数　50千字
印　　张　8
定　　价　18.00元
版　　次　2017年8月　第1版
印　　次　2020年10月　第4次印刷
印　　刷　三河市嵩川印刷有限公司
出　　版　吉林出版集团股份有限公司
发　　行　吉林出版集团股份有限公司
地　　址　长春市绿园区泰来街1825号
电　　话　总编办：0431-88029858
　　　　　发行部：0431-88029836
邮　　编　130011
书　　号　ISBN 978-7-5581-2107-4

前言

QIANYAN

儿童自然单纯，本性无邪，爱默生说："儿童是永恒的弥赛亚，他降临到堕落的人间，就是为了引导人们返回天堂。"人们总是期待着保留这份童真，这份无邪本性。

每一个儿童都充满着求知的欲望，对于各种新奇的事物，都有着一种强烈的好奇心，这样在成长的过程中就不可避免地被好的或坏的事物所影响。教育的问题总是让每个父母伤透了脑筋，生怕孩子们早早地磨灭了童真，泯灭了感知美好事物的天性。童话很好地解决了这个问题，让儿童始终心存美好。

徜徉在童话的森林，沿着崎岖的小径一路向前，便会发现王子、公主、小裁缝、呆小子、灰姑娘就在我们身边，怪物、隐身帽、魔法鞋、沙精随时会让我们大吃一惊。展开想象的翅膀，心游万仞，永无岛上定然满是欢乐与自由，小家伙们随心所欲地演绎着自己的传奇。或有稚童捧着双颊，遥望星空，神游天外，幻想着未知的世界，编织着美丽的梦想。那双渴望的眸子，眨呀眨的，明亮异常，即使群星都暗淡了，它也仍会闪烁不停。

童心总是相通的，一篇童话，便会开启一扇心灵之窗，透过这扇窗，让稚童得以窥探森林深处的秘密。每一篇童话都会有意无意地激发稚童的想象力和感知力，让他们在那里深刻地体验潜藏其中的幸福感、喜悦感和安全感，并且让这种体验长久地驻留在孩子的内心，滋养孩子的心灵。愿这套《世界经典童话小说书系》对儿童健康成长能起到一点儿助益，这样也算是不违出版此书的初心了。

编者

2017 年 3 月 21 日

目录

MULU

路得的传说

很久以前，犹太地区发生了饥荒，很多人挨饿受苦。

在犹太的伯利恒，一个叫以利米勒的人带着家人依依不舍地离开家，到摩押去逃荒。

后来，以利米勒死了，剩下妻子拿俄米及两个儿子玛伦和基连。

玛伦和基连分别娶了摩押的女子为妻，她们一个叫俄珥巴，一个叫路得。

十年后，玛伦和基连也死了，只剩下拿俄米和两个儿媳一起生活。

三个女人孤苦伶仃，相依为命。

一天，拿俄米听说犹太地区如今有了好收成，人们丰衣足食，就想离开摩押，回到故乡去。

拿俄米是个心地善良的人，不想两个儿媳跟着自己受苦。

"你们还是回娘家去吧！如果有机会再结婚，那该多好啊！"拿俄米对两个儿媳说。

"不，我们愿意跟着你，回到你的故乡去。"儿媳俄珥巴和路得异口同声地说。

"你们回去吧，我已经没有儿子了，为什么要跟着我呢？你们快走吧。"拿俄米哭着说。

听了这些话，两个儿媳妇忍不住放声大哭。

俄珥巴只好与婆婆告别，回娘家去了，但是路得却依然不肯离开。

"路得，你的嫂子已经回去了，你也回去吧！"拿俄米说。

"不要强让我离开，让我跟你一起去吧，你到哪里，我就到哪里。除了死亡，任何事情都不能将我们分离！"路得坚定地说。

见路得态度坚决，拿俄米便不再劝说，婆媳二人一同赶往伯利恒。

拿俄米和路得快快乐乐地赶路，心中充满了还乡的喜悦。但是，当她们就要抵达伯利恒时，两个人却都默默无语了。

拿俄米心里愁什么呢？原来，十年前，她和丈夫以利米勒带着两个儿子走过这条路，那时，他们是到摩押去。如今她回来了，没有丈夫，也没有了儿子。

这些痛苦的回忆，使拿俄米热泪盈眶，默默地往前走。

"快看，两个女人进了城。""那位白发驼背的是拿俄米。""那真是拿俄米吗？她离开的时候多么健康。"当地的居民看着她们，议论纷纷，简直不敢相信自己的眼睛。

听见他们的谈话，拿俄米停了下来，讲述了这些年的遭遇。

当地的居民们听后，纷纷落泪，怀念他们的朋友以利米勒，也为英年早逝的玛伦和基连感伤。

此时，大麦已经成熟，家家户户都忙着割麦，享受丰收的喜悦。

在收割的过程中，有些麦穗遗留在田里，任凭穷苦人拾取。

"让我到田里去捡人家掉落的麦穗吧，我受到谁的恩

惠，就拾取谁的麦穗！我一定会遇见一个待我好的人！"路得对拿俄米说。

"你去吧！"拿俄米说。

第二天一大早，路得就出去了。可是她不知道应该到谁家的田里去。路得穿过大街小巷，在村子边上，看见有人在田里割麦。

她走到那块田，跟着收割者的脚步拾取麦穗。她不知道这是谁的田，只知勤劳地工作，不停地弯腰拾取麦穗，虽然辛苦却也不在乎。

原来，这块田地正好是以利米勒的亲戚波阿斯的，他既富有，又有地位。

"那是谁家的女子？"波阿斯指着路得问领班。

"她就是跟随拿俄米从摩押回来的女子。她一直跟在工人后面捡麦穗，一大早就开始捡，现在刚停下来，在凉棚下休息。"领班回答说。

"姑娘，你就留在这里干活儿吧，我已经吩咐工人们，不可以欺负你。"波阿斯对路得说。

路得没想到自己不仅捡到了麦穗，波阿斯还让自己留下来干活儿，她兴奋不已。

"我是一个外邦人，你为什么待我这样好，这样关心我？"路得不解地问。

"你丈夫死后，你对待婆婆的种种孝行，我都听说了，你是个好人。"波阿斯笑着回答说。

"你对我真好，我一定要好好地报答您！"路得欣喜地说。

路得就这样在田地里干活儿，直到傍晚。当她把捡来的麦穗打出来时，发现差不多有一篓。

她把打好的麦子带回家给婆婆看，婆婆非常高兴。

路得对待婆婆就像对待自己的母亲一样好，回到家里也是主动承担家务，对她关怀备至。

"你从哪里捡来这么多麦穗？"拿俄米问路得。

路得如实向婆婆讲述了事情经过。

"那个人是我们本族的人，是我们很近的亲属。"拿俄米说。

"他还告诉我，可以一直在他那里捡麦穗，直到他收割完毕。"路得十分高兴。

"是啊，你最好在波阿斯的田里跟女工一起干活儿。如果你到别人的田里去，恐怕会受欺负。"拿俄米再三叮嘱。

于是，路得和女工们一起捡麦穗，一直到大麦和小麦都收割完毕。

在波阿斯的帮助和路得的辛勤劳作下，拿俄米在故乡的生活稳定了下来。但是，有一件事儿最令她发愁，那就是路得的婚事。

路得年纪轻轻，却一直守寡，拿俄米的心中实在是过意不去。

"我必须为你找个好丈夫，让你有个好归宿。你还记得我们的亲戚波阿斯吗？他今天会去打麦子，你洗洗澡，擦点儿香水，穿上最好的衣服，到他打麦子的地方去。"拿俄米

对路得说。

"您怎样说，我便怎样做。"路得答应道。

当晚，路得就悄悄来到了波阿斯的打麦场。

按照婆婆的嘱咐，路得对波阿斯讲述了自己的遭遇和想法。

波阿斯听后，沉思了许久。

"你对婆婆忠诚，对已故丈夫的家族更忠诚。我是你家的近亲，但是有一个人比我更亲。我去找他，看他愿不愿意尽至亲的义务。不要担心，无论发生什么，我都会尽全力来照顾你。"波阿斯信誓旦旦地说。

"打开你披的外衣，铺在这里。"波阿斯说。

于是，路得脱下了她的披肩，波阿斯倒了很多大麦在上面，帮她扛在肩上。

路得扛着大麦，回到了家。

"怎么样了？"拿俄米关切地问。

"波阿斯给了我六簸箕大麦，说我不可以空手回来见您。"路得一五一十地把一切告诉了婆婆。

"不要着急，你只管安静地坐在这里等候，看看事情的发展。按照波阿斯的性格，他今天一定会办成这件事儿。"拿俄米十分肯定。

波阿斯来到了城门口集会的地方，坐在那里等着那位近亲经过。

"请过来，这里坐！"波阿斯喊道。

接着，波阿斯又叫来城里的十位地方长老，请他们也坐下。

"拿俄米从摩押回来了，她要卖我们的亲戚以利米勒的那块地，我想你应该知道这件事儿。如果你要买，就在长老面前交易，如果你不买，也请说清楚。因为你拥有优先选择的权利，接着才轮到我。"波阿斯对那个近亲说。

"我要买。"近亲喊道。

"好吧，那么你也应该娶那个寡妇路得。"波阿斯接着说。

"既然这样，我不买了，你买吧！"近亲撇着嘴说。

就这样，在众人的作证之下，波阿斯买了以利米勒的家产，同时，路得也成了他的妻子。

此时，拿俄米心中的石头终于落地了。多年以来，路得对待自己实在是太好了。当然，她对路得自然也像自己的女儿一样。

女儿找到了一个老实可靠的人作为丈夫，拿俄米心中充满喜悦。

之后，波阿斯和路得快乐地生活在一起。

一年后，路得怀孕并生下了一个儿子，拿俄米非常高兴。

"路得为你所做的比两个儿子还多，现在她又生下一个孩子，这孩子将给你新的活力，使你安享晚年！"城里的妇女对拿俄米说。

此时拿俄米的心中充满了喜悦，多年的苦痛仿佛瞬间消失了。

自己早年丧夫，又失去两个心爱的儿子，和儿媳路得相依为命。路得对她精心照料，她早已将路得当成自己的女儿，如今女儿又有了丈夫，生了一个可爱的孩子，拿俄米十分满足。

拿俄米激动得双手有些颤抖，紧紧地抱着路得的孩子，亲吻着。

他们给孩子起名叫俄备得，一家人从此过上了幸福美满的生活。

后来，俄备得也有了儿子，名叫耶西，耶西就是大卫王的父亲。

大卫王是一位正义的国王，优秀的战士，同时，还是一位音乐家和诗人。更重要的是，大卫王继承了家族孝敬父母的优良品质，即使在逃难时期，也并未因为困难而改变对父母的孝心。

木偶奇遇记

　　木匠师傅安东尼奥得到了一段奇怪的木头，想用它做条桌子腿。正准备开工时，忽然听到一个细细的声音："轻点!"老木匠吓了一跳，却没找到声音的来源。他抓抓头上的假发，笑着说："一定是我听错了。"他拿起斧子，重重地砍了下去。

　　"啊呀!"那声音又叫起来。安东尼奥愣住了，颤抖着说："哪儿来的声音? 是这段木头? 怎么会呢? 可不是它又是什么呢? 难道是木头里躲着人?"他抓住木头，使劲往墙上撞去，撞了一会儿，又停下来仔细听，却没有任何声音!

他苦笑着说："刚才一定是我听错了!"虽然找到了借口，但他仍很害怕，只好哼起小曲壮胆。

他拿起刨子，可刚一刨，又听见了那个声音："住手，好痒啊!"老木匠惊呆了，扑通一声坐在地上。

正在这时，有人敲门。"进来。"安东尼奥说。木匠铺里进来了一个很精神的小老头儿，叫杰佩托。

"有什么事吗，老朋友?"安东尼奥问道。

"我想做个漂亮的木偶，带着它周游世界，挣些吃喝。这不，我来找你要段木头，不知道行不行?"杰佩托回答道。

"当然没问题，我的朋友。"老木匠点了点头，拿起那段奇怪的木头递了过去，"给你，这段木头怎么样?"

杰佩托接过那段奇怪的木头，和安东尼奥道谢后，一瘸一拐地回家了

杰佩托一回到家，就准备刻木偶，还给木偶起了个名字，叫匹诺曹，将他认作自己的儿子。

很快，杰佩托就干起活儿来。但是雕刻的过程并不顺利，杰佩托每刻好一部分，木偶都会搞出些恶作剧来——眼睛骨碌碌地转，嘴巴笑个不停，鼻子不停变长，还抢走了杰佩托的假发。当杰佩托把木偶的脚刻好后，鼻尖立刻就被匹诺曹踢了一脚。

虽然很生气，但杰佩托还是教会了匹诺曹走路。匹诺曹一学会走路，就蹦蹦跳跳地跑到街上。杰佩托连忙追出去，却一直追不上匹诺曹，最后还是在警察的帮助下才抓住了他。杰佩托抓着匹诺曹，说要好好收拾他，匹诺曹吓得倒在地上耍赖。邻居们都说杰佩托太凶了，警察也看不过眼，放了匹诺曹，反而把杰佩托抓进了监狱。

看见杰佩托被警察抓走了，匹诺曹飞快地跑回家，一进家门，就听见屋子里有声音在叫："唧唧，唧唧！"匹诺曹转过头，发现墙上的一只大蟋蟀在说话。

蟋蟀对匹诺曹说："你必须好好学习，要听父母的话，不然以后会后悔的。"

"我才不学习呢，我喜欢爬树，掏鸟窝。"匹诺曹回答说。

蟋蟀继续说："那你就会变成一头蠢驴，大家都会拿你开玩笑。"

匹诺曹回答说："我只喜欢玩儿，别的我什么都不喜欢。"

蟋蟀又说："凡是这样的孩子，最后不是进医院就是进监狱。"

匹诺曹被蟋蟀的话惹火了，顺手从工作台上抓起一把木槌扔了过去，正好打中了蟋蟀的头。可怜的蟋蟀没来得及叫一声就死了。这时天开始黑了，匹诺曹想起还没吃东西，肚子饿得咕咕直叫。他在厨房里找了很久也没找到任何能吃的东西，最后绝望地说："蟋蟀说得对，要是爸爸在，我就不会挨饿了。"

正在这时，匹诺曹发现垃圾桶里有一个圆滚滚、白花花的东西，像是鸡蛋。他一下子扑过去，的确是个鸡蛋。匹诺曹决定把鸡蛋煮熟。他把锅放在一个炭火盆上，在锅里放进水。水一冒气，他就敲破蛋壳，准备将蛋液倒进水中，可蛋壳里倒出来的竟然是一只小鸡。

小鸡向匹诺曹道了一声谢，就从窗口飞走了。到嘴的晚餐就这么飞了，匹诺曹饿得不行，决定还是离开屋子，到邻村去看看，希望能遇上好心人，乞讨点儿面包吃。

匹诺曹掩上门撒腿就跑，跑了好一会儿才来到一个村子。可村子里一片漆黑，像死了一般安静。匹诺曹又是绝望又是饥肠辘辘，于是去按一户人家的门铃，心想："总会有人朝外边看一看的。"

果然，有人推开窗子，是个老头儿。老头儿气呼呼地大声叫道："深更半夜的，要干什么？"匹诺曹哀求道："请行行好，给我一块面包吧。""你在下面站着，把帽子拿好。"老头儿回答说。匹诺曹立刻走到窗子下。忽然，一大盆水泼了下来，把他浇成了落汤鸡。

匹诺曹绝望地回到家，把又湿又脏、满是烂泥的脚搁到火盆边，慢慢睡着了。他睡觉的时候，一双木头脚被火烧着了。匹诺曹只管睡觉，好像这双脚和他无关似的，一直睡到天亮才被杰佩托的敲门声惊醒。

听到父亲的声音，匹诺曹起身去开门，可是却摔倒在地上。很久不见门开的杰佩托从窗子爬进屋，看到匹诺曹的样子，心疼地将他抱在怀中。匹诺曹把昨晚的经历向父亲哭诉了一遍。

杰佩托没完全听懂，只听清匹诺曹说很饿，于是拿出三个梨给了匹诺曹。挑食的匹诺曹不吃梨皮，杰佩托只得把梨削好。一眨眼工夫，匹诺曹就把梨吃了个精光，只剩下梨皮和梨核。吃完梨，匹诺曹觉得还没饱，又向杰佩托要吃的。

可杰佩托再没有别的食物了，匹诺曹只好不情愿地吃了梨皮和梨核，吃完之后才觉得好受了些。杰佩托对匹诺曹说："孩子，你可不能挑肥拣瘦，在这个世界上，什么事情都有可能发生。"

吃饱了，匹诺曹又哭着索要一双新脚。杰佩托说："凭什么再给你做一双脚啊，就为了让你再从家里溜出去吗？"

"我向您保证，以后一定做个好孩子。"匹诺曹信誓旦旦。

得到匹诺曹的保证，杰佩托拿起工具又给匹诺曹做了一双新脚。有了新脚，匹诺曹开心地说："为了报答您，我要马上去上学。"

"好孩子，可上学要穿上点东西啊。"杰佩托说完，用花纸和树皮给匹诺曹做了一身衣裳。

匹诺曹很满意自己的新模样，开口说："再给我一个课本，我就可以去上学了。"听到这儿，杰佩托犯难了。他没有课本，也没有钱买课本。想了一会儿，杰佩托穿上外衣，跑了出去。他卖掉了自己的外衣，买回了课本。匹诺曹抱住杰佩托，在他脸上亲个没完。

匹诺曹带着课本去上学了，路上忽然听到远处传来了笛声。他站在路边拿不定主意，最后还是决定去听笛子，明天再去上学。

不一会儿，匹诺曹来到一个围着大棚的广场。大棚上贴着海报，但是匹诺曹不识字，看不懂上面的内容，于是询问旁边的一个小男孩儿。小男孩儿告诉他这里是木偶大剧院。

匹诺曹很想观看剧院的表演，就向小男孩儿借钱买门票，但小男孩儿没有借给他。匹诺曹又提出用自己的衣服来换门票钱，小男孩儿仍没有答应。没办法，匹诺曹只得提出用课本来换门票，但小男孩儿再一次拒绝了他的要求。

这时，一旁卖衣服的人说："这个课本我买了。"课本就这么被卖掉了，想想可怜的杰佩托，为了给儿子买课本，正被冻得瑟瑟发抖。

匹诺曹走进剧院，舞台上一个花衣小丑和一个驼背小丑正在表演吵架戏。观众们被他们的滑稽表演逗得哈哈大笑。忽然，花衣小丑发现了观众席上的匹诺曹，热情地把他请上舞台。剧院所有的木偶对匹诺曹的到来都很开心，热情地接待了他。

台下的观众并不喜欢台上兄弟相逢的情景，要求木偶们继续表演。木偶们毫不理会观众的要求，依旧在台上和匹诺曹狂欢。这时，剧院经理走来，看到舞台上的乱象，抓住匹诺曹，把他绑起来挂在了钉子上。

演出结束后，经理要把匹诺曹当柴火烧，来熏烤厨房里的那只羊。匹诺曹拼命地大叫："爸爸啊，快来救我！我不想死！"

匹诺曹可怜的叫喊声打动了经理。经理放过了匹诺曹，把他从钉子上放下来。匹诺曹对经理感激不尽："祝您长命百岁！"经理说："不用谢我，放了你，我就得用别的木偶来烤羊。"说完，经理叫来守卫，抓住花衣小丑，要把他扔进火堆里当柴火烧。

看到兄弟要被烧掉，匹诺曹哀求经理："可怜可怜他吧，经理先生……"但经理没有答应。无奈之下，匹诺曹坚定地对经理说："那就请把我绑起来吧，让我的朋友替我去死是不公道的。"

经理再次被打动了，他放过了匹诺曹和花衣小丑，吃了一顿半生不熟的晚餐。承蒙经理开恩，木偶们举办了一场开心的晚会，直到天亮才结束。晚会上，经理得知了匹诺曹可怜的身世，决定帮助他。

第二天一早，经理送给匹诺曹五枚金币，让他带给杰佩托。匹诺曹谢过经理，欢天喜地地回家去了。在路上，他碰到了一只装瘸的狐狸和一只装瞎的猫。

狐狸和猫得知匹诺曹要用五枚金币买一件新上衣和一个课本，便起了坏心。他们骗匹诺曹说，学习没有用，就是因为读书他们俩才伤了腿和眼睛。一旁树上的白头椋鸟提醒匹诺曹不要上骗子的当，但话还没有说完，猫就跳起来捉住白头椋鸟，把他吃掉了。

狐狸和猫继续诱骗匹诺曹说，只要把金币种在傻瓜城的奇迹宝地，第二天便会长出一棵金币树，就会得到数不尽的金币。匹诺曹相信了他们的话，开心地说："那咱们走吧，我跟你们去。"

他们三个一直走到天黑，来到一家叫作"红虾"旅馆的地方歇息。他们都饿得不行了，狐狸和猫点了很多吃的东西，而匹诺曹满脑子都在想着那块奇迹宝地，什么也没有吃。

吃过饭，他们便去睡觉。半夜，旅店老板叫醒匹诺曹。这时，匹诺曹才发现狐狸和猫已经先走了。付了饭钱，匹诺曹一个人走在漆黑的荒野上。

忽然，他发现了一个发光的小东西，仔细一看，竟然是那只被自己拍死的蟋蟀的影子。小东西劝告匹诺曹赶紧回家，不要被狐狸和猫骗了。匹诺曹不相信蟋蟀的话。蟋蟀最后忠告匹诺曹说："愿上帝保佑你不沾露水，碰不到杀人的强盗！"说完，蟋蟀就消失了，路变得比之前更黑了。

匹诺曹独自走在漆黑的路上，忽然听到背后有声音传来，回头一看，两个蒙面的人正追赶过来。匹诺曹刚把金币藏到舌根下，就被强盗抓住了。

两个强盗听到匹诺曹嘴里有金币的响声，就要撬开他的嘴，但机灵的匹诺曹一口咬断了一个强盗的手。他吐出那只手，发现那不是人手，而是一只猫爪。

匹诺曹趁机爬上一棵松树。强盗点燃了松树，想烧死匹诺曹。为了不被烧死，匹诺曹只好跳下树继续奔跑，最后被一条脏水沟拦住了去路。匹诺曹纵身跳过水沟，两个强盗却因为没有计算好距离，掉进了水里。匹诺曹一边跑一边笑，回头一望，发现两个强盗仍在后面追赶他。

匹诺曹绝望了，忽然发现前面树林里有一幢房子。他竭尽全力跑到房门前，使劲敲门，可怎么敲也没人开门。楼上一位有着天蓝色头发的漂亮小女孩儿从窗户探出头来，然后又消失了。

强盗抓住了匹诺曹，决定要吊死他。两个强盗反绑了匹诺曹的双手，用绳子套住他的脖子，吊在一棵大橡树上。三个小时过去了，匹诺曹仍旧活蹦乱跳。

两个强盗决定明天再来，让匹诺曹自生自灭。匹诺曹被风吹得晃来摆去，脖子上的绳结越收越紧。

正当匹诺曹觉得自己快要死去的时候，天蓝色头发的漂亮小女孩儿又在窗口出现了。小女孩儿是善良的仙女，很可怜匹诺曹，轻轻拍了三下手掌。

她叫来老鹰解开了绳结，又叫来卷毛狗驾车把匹诺曹运进房子。接着，她又请来附近最有名的大夫。三位大夫很快就到了，一位是乌鸦，一位是猫头鹰，一位是会说话的蟋蟀。

乌鸦觉得匹诺曹已经死了，猫头鹰则认为匹诺曹还活着，而会说话的蟋蟀却语出惊人："这个木偶是个坏蛋，是个不听话的坏孩子，快把他的爸爸气死了！"这时，屋里传来压抑的哭声和哽咽声，原来是匹诺曹正趴在床上哭泣。

匹诺曹发起了高烧，仙女让他喝药，但他就是不肯喝苦药水。仙女用尽各种办法，可匹诺曹还是不肯喝。仙女只好唤来抬棺材的兔子，匹诺曹不想死，只好喝下了药水。

喝了药，仙女问起他被强盗追赶的原因。匹诺曹把刚才的经过讲了一遍。仙女听后问他剩下的四枚金币在哪儿？匹诺曹撒谎说丢了，没想到话音刚落鼻子就变长了。"丢哪儿了？"仙女问。"树林里。"又一句谎话，匹诺曹的鼻子更长了。"那咱们去找回来。"仙女说。匹诺曹慌了神儿："我想起来了，金币没丢，刚才被我吞到肚子里去了。"第三句谎话一出，匹诺曹的鼻子长得连门都出不去了。

这时，仙女笑着说："好孩子不说谎，说谎鼻子会变长。"匹诺曹顿时羞得无地自容。

仙女施法让匹诺曹的鼻子还原，派人去找杰佩托。匹诺曹非常高兴，开心地跑去迎接爸爸。但他刚走到大橡树下，就看见了狐狸和猫。

狐狸问怎么没有跟上他们，匹诺曹把经过讲了一遍，正说着，忽然发现猫的整个右前爪不见了。狐狸见势不妙，连忙开口说："我的朋友刚才把爪子喂给了一只饥饿的狼。"狐狸继续邀请匹诺曹跟他去奇迹宝地种植金币。

经不住狐狸的花言巧语，匹诺曹最终还是决定跟着他们

去奇迹宝地种植金币。走了好一会儿，他们来到一个叫作"傻瓜城"的地方。出城又走了一会儿，终于来到了狐狸所说的奇迹宝地。

匹诺曹种完金币回到城里，第二天向奇迹宝地飞奔而去，可是到了奇迹宝地，却发现那里没有任何变化。

这时头上传来笑声，匹诺曹抬头一看，树上有只大鹦鹉。大鹦鹉边笑边说："可怜的匹诺曹啊，你真是个糊涂虫。你还在城里的时候，狐狸和猫就把金币挖走了。"

丢了金币的匹诺曹绝望地回到城里，向法官告状。猩猩法官听了匹诺曹的陈述，却把他关进了监狱。

在匹诺曹坐牢的第四个月，"傻瓜城"的国王打了胜仗。为了庆贺胜利，国王打开监狱，放走了所有的盗贼。在承认自己也是个贼后，匹诺曹被放出监狱。

匹诺曹走出监狱，顺着小路向仙女的房子走去。正走着，他忽然停了下来，原来是一条绿皮火眼的大蛇横在路的中央。匹诺曹害怕极了，躲到远处，等待大蛇离开。

可是等了很久，蛇一点儿动静都没有。匹诺曹鼓足勇气接近大蛇，讨好地说："蛇先生，我要回那座房子，您能让我过去吗……"他静等着大蛇的回答，但蛇一点儿反应都没有。匹诺曹决定从蛇身上跳过去。他刚要跳，蛇身忽然一颤，匹诺曹被绊倒了。

大蛇被匹诺曹可笑的样子逗得哈哈大笑，因为笑得太厉害，竟然笑断了肚子上的静脉，死了！匹诺曹继续赶路，又被路边的葡萄吸引住了，想偷点儿葡萄吃。他来到葡萄藤下，被捕兽夹子夹住。

匹诺曹疼得哇哇大叫，可周围没人经过。天慢慢黑了下来，漆黑的夜空中飞过一只萤火虫。匹诺曹请求萤火虫救救他，但萤火虫不想帮助偷吃葡萄的木偶。

这时，葡萄园的主人走来。他本以为捕兽夹子捉到了山鸡，没想到却捉住了一个孩子。问清了缘由，园主打开夹子，拎起匹诺曹的衣领回家。到了家门前，园主把匹诺曹当作一条看门狗，将他拴起来，然后就进了屋。

可怜的匹诺曹一个人趴在地上，又冷，又饿，又怕，不由得哭着说："要是能重新做人就好了！……可现在迟了，没法子，只好忍耐！"发泄完怨气，他走进狗屋，躺下睡着了。

半夜，匹诺曹被一阵细碎的声音惊醒。他把鼻尖伸出洞口，看见四只黄鼠狼走了进来。其中一只黄鼠狼离开同伴，走到狗屋旁低声说："我们做笔交易，我们来偷鸡，分给你一只，条件是你假装睡觉，别叫醒园主。"黄鼠狼觉得事情稳妥了，就溜进鸡窝。

弄开小木门，几只黄鼠狼溜了进去。他们刚一进去，匹诺曹就关上了门，并叫醒园主。园主把黄鼠狼全数抓住。这时，匹诺曹说："他们想贿赂我。我不是那种喜欢贪污受贿、靠不诚实来装满自己腰包的家伙！"

"好样的，孩子！"园主拍着他的肩膀说，"这样你才能受人敬重。为了奖赏你，我这就放你回家。"说完，园主放了匹诺曹。

离开了园主家，匹诺曹立刻跑到仙女的房子，可是房子不见了，只剩下一块石碑，上面写着：

这里安眠着，

天蓝色头发的仙女。

她的弟弟匹诺曹，

将她遗弃。

她因悲伤而溘然长逝。

匹诺曹读完这段话，十分伤心，痛哭不止。这时，天上飞来一只鸽子对他说："别哭了，快到我的背上来，我带你去找爸爸。"

匹诺曹听后爬上鸽子背。鸽子带着他往海边飞去。海边有许多人，都眺望着大海。匹诺曹顺着人们的目光望去，看见杰佩托正驾着一条小船在与海浪搏斗。忽然，一个大浪打来，小船不见了。

匹诺曹连忙跳入海中去救爸爸。匹诺曹被海浪冲卷着，时隐时现，不一会儿就消失在波涛之中。

匹诺曹被海浪冲到一座孤岛上。在孤岛的岸边，他碰到了一条大鱼。大鱼说杰佩托应该被鲨鱼吃掉了，还告诉匹诺曹在哪儿能找到吃的。

匹诺曹按照大鱼的指引，来到"勤劳蜜蜂国"。在这里，所有的人都要劳动，要用自己的劳动果实喂饱肚子。懒惰的匹诺曹最讨厌劳动了。他向这里的居民讨吃的，可是所有的居民都不可怜匹诺曹。

饥饿难耐的匹诺曹帮一位小妇人将一罐水提回家，换回了一顿饭。吃饱了的匹诺曹忽然发现小妇人长着一头天蓝色的头发，再仔细一看，这位小妇人竟然就是小仙女。他抱住小妇人的膝盖，放声痛哭。

小妇人承认自己就是小仙女。匹诺曹也想像仙女一样长大，可是木偶怎么能长大呢？匹诺曹哀求仙女把他变成人。仙女对匹诺曹说："变成人很容易，只要你能做个好孩子就行了。"

可是懒惰的匹诺曹最讨厌的就是学习和劳动，仙女的要求对匹诺曹来说是很难完成的。为了鼓励匹诺曹，仙女劝道："懒惰的人最后不是进医院就是进监狱，一个人生下来不管是穷是富都得劳动，懒惰没有好结果！只有勤劳的木偶才能变成人。"

仙女的话打动了匹诺曹。他高兴地抬起头，对仙女说："我要学习，我要劳动，你怎么说我就怎么做，一句话，木偶的生活我过腻了，我无论如何都要变成一个孩子。你答应我了，不是吗？"

匹诺曹第二天就进了一所公立学校。他学习很刻苦，总是第一个到校，最后一个放学。老师很喜欢勤奋的匹诺曹。但匹诺曹唯一的缺点就是结交了很多不爱学习的坏孩子。

老师和仙女都劝告他，别让坏孩子带坏了，可匹诺曹一点儿也不在乎。终于有一天，一帮坏孩子在上学的路上对他说："海边来了一条大鲨鱼，你想和我们一起去看吗？"因为要上学，匹诺曹拒绝了坏孩子的邀请。可坏孩子锲而不舍，说少上一天课没关系，去晚了就看不到鲨鱼了。

匹诺曹动心了，况且爸爸就是被鲨鱼吃掉的，便答应了坏孩子的邀请。他们一起向海边跑去。没想到，灾难正等待着他。

匹诺曹来到海边，海面上什么都没有。原来，因为匹诺曹学习刻苦用功，坏孩子们都嫉妒他，于是就欺骗了他。匹诺曹和他们争吵，继而又厮打起来。坏孩子们打不过木头做成的匹诺曹。

一个坏孩子抓起匹诺曹的算术书扔过来，没打中匹诺曹，却砸在了另一个孩子的头上。这个孩子立刻倒下了。坏孩子们一哄而散，只剩下匹诺曹照顾着这个孩子。

这时，警察来了，发现了受伤的孩子和算术书，于是不由分说带走了匹诺曹。走在路上，一阵风吹走了匹诺曹的帽子，于是他以此为借口向海边逃去。警察追不上匹诺曹，放出了警犬。

匹诺曹跳进大海，警犬也跟着跳进去。警犬不会游泳，就在快被淹死的时候，匹诺曹伸出了援手。匹诺曹靠着岸边游，当游到一块有洞穴的礁石时，被渔网网住了。

渔夫把网里的鱼倒进篓里，被匹诺曹吓了一跳，他从没见过匹诺曹这样的鱼。渔夫以为匹诺曹是只螃蟹，因为海里只有螃蟹才有脚。匹诺曹解释说自己是一个木偶，请求渔夫放了他。

渔夫没有同意，要炸熟匹诺曹当晚餐。匹诺曹吓坏了，悔恨地说："当初要是去上学该多好啊，现在报应来了。"渔夫用面粉把匹诺曹拌了五六遍，直到他浑身裹满了面粉，像个石膏像。渔夫抓住匹诺曹的头，要把他扔进油锅。

眼看就要落入油锅，那条被匹诺曹救下的警犬突然闯了进来。警犬解救了匹诺曹。匹诺曹回到仙女家，却没脸去敲门。犹豫了很久，加上外面实在太冷了，匹诺曹最终敲响了门。

一只蜗牛应了一声，答应给匹诺曹开门。可是等啊等，两个小时过去了，门还没有打开。匹诺曹不住地催促蜗牛赶紧开门，可蜗牛的行走速度是最慢的，直到天亮，才把门打开。

门虽然开了，但匹诺曹却饿晕了。匹诺曹醒来时，仙女站在他身旁。匹诺曹承诺一定不会再有同样的事情发生，仙女原谅了他，并告诉他："明天你就可以变成真正的孩子了。"对匹诺曹来说，成为真正的孩子是他最大的心愿，他要为此在家里举办庆祝宴会。

匹诺曹希望邀请全城所有的人来参加他的庆祝宴会。他邀请了很多好朋友，但他的同学小灯芯却拒绝了他，说今天晚上要去一个叫"玩儿国"的地方。

小灯芯告诉匹诺曹，"玩儿国"是天底下最好的地方，那里的人不用学习、不用工作，每天从早玩到晚，第二天又重新开始玩。小灯芯邀请匹诺曹和他一起去玩。

匹诺曹希望变成人，拒绝了小灯芯的邀请，转身回家。

刚迈出两步，他又想起了"玩儿国"的乐趣，于是把对仙女的承诺全扔在脑后，答应了小灯芯的邀请。

在路边等了一会儿，来了一辆车，两人上了车，非常开心地向着"玩儿国"驶去。

这是辆驴车，匹诺曹和小灯芯发现车上坐满了人，没办法，小灯芯只好坐在车辕上，而匹诺曹则骑在驴身上。

路上，匹诺曹听到身下的驴子说："小傻瓜，孩子不肯学习，只想玩，结果只会倒大霉！我有这个教训，总有一天你也会像我一样哭的。那时就来不及啦！"

赶车人让匹诺曹别理会驴子的话。匹诺曹听信了赶车人的话，星夜兼程，终于到了"玩儿国"。匹诺曹和小灯芯在这个既不用上学也不用工作的"玩儿国"玩得十分开心。

在第五个月的一个清晨，匹诺曹一觉醒来，发现自己的耳朵变长了，对着镜子一看，耳朵竟然变成了一对驴耳朵。他被眼前的情景吓得哇哇大叫。

叫声招来了邻居土拨鼠。看到匹诺曹这副样子，土拨鼠教导匹诺曹说："不爱学习的懒孩子，迟早会变成小驴子。"匹诺曹后悔不已，但还是辩解说自己是在小灯芯的引诱下才到这里的。匹诺曹戴上帽子，遮住耳朵，出门去找小灯芯讨说法。

到了小灯芯家，匹诺曹发现小灯芯也戴着一顶帽子，遮住了耳朵。两个人摘掉帽子，互相嘲笑对方的驴耳朵。笑着笑着，两人都倒在地上，变成了驴子。

这时传来了敲门声，门外的人说："开门，我是赶车人。快开门，不然你们就要倒霉了！"

赶车人破门而入，将匹诺曹当作驴子卖给了马戏班。在马戏班，匹诺曹受尽了虐待，马戏班经理逼着他练习各种动作。

三个月后，匹诺曹登上了舞台。在表演的时候，匹诺曹发现美丽的仙女也在台下观看演出。匹诺曹拼命地喊，可发出的却是驴子的叫声。匹诺曹的叫声打乱了演出，经理用皮鞭使劲抽打匹诺曹，让他按要求继续表演。

回头再找仙女，匹诺曹发现仙女已经离开了。伤心的匹诺曹继续表演节目，在表演跳圈时不小心摔伤了腿。

　　马戏班经理卖掉了瘸腿驴子，买主要用驴皮做鼓面。买主把驴子牵到海边的悬崖上，在他脖子上拴了一块大石头，用绳子绑住他的四肢，猛地一推，将驴子推到海里。买主想等驴子淹死后再剥皮。

　　等了好一会儿，买主把驴子从海里拉上来，可怎么也没想到，拉上来的竟不是死驴，而是一个木偶。匹诺曹对买主讲诉了他的经历，然后跳入海中。

　　匹诺曹游啊游，终于发现了一块上面站着一只天蓝色山羊的礁石。可就在他准备上岸的时候，被一条大鲨鱼吞到了肚子里。

　　在鲨鱼的肚子里，匹诺曹遇到了一只金枪鱼。金枪鱼和匹诺曹一样，都是不幸被鲨鱼吞进肚子里的。金枪鱼说鲨鱼很大，想逃出去是不可能的。

　　就在他们说话的时候，匹诺曹忽然发现远处有微弱的亮光一闪一闪的。金枪鱼告诉匹诺曹，那是一个和他们一样等待被鲨鱼消化的可怜人。

匹诺曹很想看看这个人究竟是谁，便朝亮光走去。

匹诺曹来到亮光处，看见有一个老人正在吃罐头和小鱼。看到老人，匹诺曹开心得不得了，因为老人不是别人，正是他的爸爸杰佩托。

感人的一幕发生了！匹诺曹依偎在爸爸的怀里，讲述了自己的悲惨遭遇。杰佩托也诉说了靠鲨鱼腹中食物活下来的经历。

父子相见虽说是件高兴事，可想到将在鲨鱼的肚子里被消化掉，他们又痛哭起来。不认命的匹诺曹决定带着爸爸一起逃出去，一起去找仙女把自己变成一个真正的孩子。

说干就干，匹诺曹拿起蜡烛，带着爸爸穿过了鲨鱼腹，爬过鲨鱼的喉咙，最后趁鲨鱼睡觉的工夫逃了出去。

匹诺曹和杰佩托在金枪鱼的帮助下回到了岸上。他们决定找一间房子休息一下。在路上，他们碰到了曾经欺骗过匹诺曹的狐狸和猫。两个骗子如今穷困潦倒，遭到了应有的报应。

两人继续赶路，来到一座漂亮的小屋前，屋子的主人竟然是那只会说话的蟋蟀。蟋蟀原谅了匹诺曹的过错。匹诺曹靠劳动从菜农那里为爸爸换回了一杯牛奶。干活时，匹诺曹发现菜农的驴子竟然是他的同学小灯芯。小灯芯见到匹诺曹悔恨不已。

看到小灯芯的下场，匹诺曹开始刻苦学习，努力劳动。他攒下了四十枚铜币，准备买衣服。可就在准备去买衣服的时候，匹诺曹得知仙女生病住进了医院，于是毅然放弃了买衣服的念头，打算用这些钱为仙女治病。

第二天匹诺曹醒来，发现自己变成了一个真正的孩子，而那四十枚铜币也变成了四十枚金币。看到这些，匹诺曹情不自禁地想："在还是一个木偶的时候，我是多么滑稽可笑！如今，我变成了一个真正的孩子，我是多么高兴啊！"

玛　尔

　　玛尔和爸爸、妈妈生活在美丽的海滨城市热那亚。虽然家里很穷，但有了爸爸、妈妈的爱，玛尔仍感到很幸福。

　　"我最可爱的玛尔，听说阿根廷招女工，妈妈要到那儿去工作一段时间，好还清家里的债。"一天，妈妈忧伤地对玛尔说。

　　听了妈妈的话，玛尔懂事地点了点头，可他仍舍不得让妈妈离开，一晚上都依偎在妈妈的怀里。

　　第二天清晨，爸爸和玛尔到码头为妈妈送行。玛尔紧紧拉住妈妈的手，很怕一松开，就再也看不见妈妈了。

汽笛响起，玛尔不得不和妈妈分别。

"玛尔要听爸爸的话，要像个男子汉。妈妈会给你写信，一年的时间很快就会过去。"妈妈亲了亲玛尔。

"你要早点儿回来，我和爸爸等着你，记得给我写信。"看着妈妈离去的背影，玛尔忍住泪水，大声喊道。

妈妈离开后，每天一起床，玛尔就跑去看有没有妈妈的信。一天，一个星期，一个月，邮箱里总是空空的。

"妈妈，你在哪里，我真的很想你。"玛尔默默地伤心着。

他好几次看见妈妈回来了，紧紧地抱着他，醒来却发现这只是一场梦。

看见小伙伴和他们的妈妈有说有笑的样子，玛尔就格外想念妈妈，眼泪止不住地流下来。

一个阳光明媚的早晨，玛尔像往常一样帮爸爸干着家务活儿。

"小玛尔，你的信，阿根廷来的。"门外传来邮差老杰克的声音。

玛尔的心"咚咚"地跳个不停，简直不敢相信自己的耳朵，飞一般地冲出屋子。

玛尔一连说了十几声谢谢，兴奋地脸都红了，等不及爸爸回来就小心翼翼地把信拆开，仔仔细细从头到尾地读起来，生怕漏掉一个字。

亲爱的玛尔：你和爸爸过得还好吗，你有没有听爸爸的话，是不是像一个男子汉一样？妈妈不在家，你要照顾好自己，好好吃饭，快点长大，要多帮爸爸干一些力所能及的活儿。前一段时间妈妈生病了，一直没有给你写信，要原谅妈妈。爱你的妈妈。

玛尔一遍遍读信，紧紧地把信贴在胸口，仿佛妈妈在紧紧地拥抱着自己一样。

"妈妈，你放心吧，我已经长大了。"玛尔自言自语道。

从此以后，玛尔每天都到信箱前查看，可每次信箱都是空的。

"妈妈，你在做什么呢？你的身体还好吗？为什么不再给我写信了呢？"玛尔心里很难过。

一年的时间转瞬即逝，玛尔长高了，也长壮了。妈妈的那封信已经被看得发黄变脆了，玛尔再没有妈妈的一点儿消息。思念犹如夜空中的点点星光，布满了玛尔想妈妈的每个夜晚。

"妈妈离家这么长时间了，我想去阿根廷找她。"一天晚

上，爸爸把玛尔叫到身边。

听了爸爸的话，玛尔的眼睛亮了一下，又暗了下来，过了一会儿，玛尔忽然说道："你好不容易才找到新工作，你一离开，这份工作就没了，我们就没办法早点还清债了。爸爸，让我去找妈妈吧，我已经长大了。"

"你？不行，你才13岁，还是个孩子。从意大利到阿根廷太远了，你一个人怎么行？我们还是再等等吧！"爸爸并没有同意。

玛尔没有放弃要去找妈妈的想法，从学校的图书馆里借来地图，把从意大利到阿根廷的路线看了一遍又一遍。

"爸爸，我要去找妈妈，我已经准备好了。"一天晚饭后，玛尔郑重其事地对爸爸说。

"你准备好了？"爸爸问道。

"是的，我画了地图，记住了路线。"玛尔坚定地说道。

"去吧，我的好儿子。"看着儿子稚嫩脸上的坚毅表情，爸爸一把抱住了玛尔。

爸爸替玛尔弄到一张去阿根廷的三等船票，又替他包好衣服，把几元钱塞入他的衣袋，不停地嘱咐他要注意的事儿，最后恋恋不舍地送他上了船。

玛尔站在甲板上，看着山渐渐消失在水平线上，四周只有汪洋大海，忍不住蹲在甲板上偷偷地哭了起来。

"从现在开始，什么都要靠自己了，一定要找到妈妈，把妈妈带回家。"玛尔擦干眼角的泪水，攥紧拳头，暗暗给自己鼓劲。

船驶过直布罗陀海峡。茫茫的大海上，除了海水和天空，玛尔什么都看不见。日子过得无聊极了，他感觉自己好像已经在海上住了一年。

他经常倚在船舷上，一边看海，一边想妈妈，有时不知不觉就睡着了。

"你妈妈已死在那里了！"他总是梦见一个陌生人低声对他说。

玛尔也总是惊醒过来，心中充满了担心。

玛尔在船上认识了一个叫巴尔的老人。

"不要紧，你一定能找到妈妈。"老人很同情玛尔，总是安慰他。

有了老人的陪伴，玛尔又有了勇气。过了很多天，轮船终于到达了阿根廷的首府布宜诺斯艾利斯。

玛尔兴奋极了，恨不得长出翅膀，马上飞到妈妈身边。乘船时，他把钱分成两份藏起来，一份不知道在什么时候丢了。

"没关系，很快就能见到妈妈了。"玛尔并不在意。

到了街市，玛尔一边查看地图，一边问路，一分钟都不想耽搁。

街道两旁都是别墅式的小房子，街上人来人往。一个和妈妈年龄差不多的女人走了过去，玛尔急忙追上去，仔细一看，这个人只是和妈妈长得像而已。

玛尔来到一个路口，发现自己已经到了妈妈信上所写的街道。他急忙跑到一百七十五号，定了定神，敲响了门。

"孩子，你找谁？"一位戴眼镜的白发老奶奶用西班牙语问道。

"我找妈妈，我妈妈是从意大利来的。"玛尔勉强用西班牙语回答。

"哦，他们在三四个月以前就已经搬走了。"老奶奶改用意大利语对玛尔说。

老奶奶让一个孩子带玛尔去一位老绅士的家里。在那里，玛尔听说自己的妈妈跟随主人美贵耐治技师一同去了可特淮，因此非常沮丧。

"让我想想有没有什么办法帮帮你。你还有钱吗？"老绅士详细地问了经过，考虑了一会儿问道。

"还剩一点点。"玛尔回答说。

"我写一封信，你拿着信到勃卡去找信上写的绅士，他会设法带你去可特淮。只要到了可特淮市，你就能见到妈妈。还有，把这些钱带上。"老绅士把一些钱交到玛尔手里。

玛尔不知道怎么感谢老绅士才好，只说了一句"谢谢"，就拿着信和包裹向勃卡出发了。

夜渐渐深了，在一间小旅店住下后，玛尔又累又困，心中充满了悲伤。一个水手唱起歌来，歌声让玛尔想起了妈妈给他唱的儿歌，身上又有了力量。

第二天早晨，他拿着信去找勃卡的那位绅士。宽阔的街道两侧排列着白色的房子，屋顶上电线密如蛛网。路上好多人都说着意大利语，玛尔好像又回到了家乡。转了几个弯，问了几次路，他才找到勃卡绅士的住所。

玛尔按响门铃，一个仆人模样的男子用外国语调问他有什么事情。

"我想见这家的主人。"玛尔回答道。

"主人不在家，他和家人一起去布宜诺斯艾利斯了。"仆人对玛尔说道。

玛尔失望极了，硬着头皮把信交给仆人。

"等主人回来，我就交给他。"说完，仆人就关上了门。

玛尔身上只剩下一元钱，望着没有尽头的路，一下子泄了气，坐在马路边上，两手捧着头。

不时有行人的脚碰到玛尔，可玛尔一动也不动。

"孩子，你怎么了？"他忽然听见有人用熟悉的意大利语问他。

玛尔抬起头一看，一下子跳了起来，站在他面前的原来是巴尔老人。

"我没有钱了，请替我找个可以赚钱的工作吧。无论什么我都愿意做，搬垃圾，扫马路，只要能攒够路费找妈妈就行。我已经没有别的办法了。"玛尔急忙央求老人。

"工作可不那么容易找。你不要着急，这儿有很多意大利人，大家可以一起想办法。"巴尔老人想了想说。

巴尔老人领着玛尔来到一家旅馆。

"诸位，这个孩子是意大利人，为了找妈妈从热那亚来到布宜诺斯艾利斯。可是他妈妈现在去了可特淮，他好不容易来到这儿，既没有钱，又没有认识的人，大家帮一帮他吧。"走进旅馆，巴尔老人对着众人大声说道。

"是老乡啊，来，大家一起帮帮他吧。"有人敲着桌子说。

一个人过来抚摸着玛尔的头，另一个人拍了拍他的肩，其他餐桌上的人也聚拢过来。巴尔老人在屋子里走了不到十分钟，帽子里已经有八元四角钱了。

玛尔开心极了，抱住老人的脖子久久不肯松开。

第二天清晨，玛尔出发去可特淮。美洲平原十分荒凉，火车在空旷的原野上行驶，周围是无边的荒野。

现在已经进入冬季，可玛尔还穿着夏季的衣服。虽然很冷，但是疲劳还是让他昏昏欲睡。

"要是妈妈不在可特淮怎么办，要是老绅士听错了怎么办?"不一会儿，他就被冻醒了，恐惧也随之而来，

这时候，玛尔好像听见爸爸的话语在耳边回响："玛尔，你是最坚强的! 你一定可以找到妈妈!"玛尔又有了信心。

火车终于到站了，玛尔跳下车，来到老绅士打听到的地址，敲响了房门。开门的老妇人告诉玛尔，这家的主人去杜克曼了，玛尔的妈妈可能也去了那里。

玛尔很失望，但还是决定去杜克曼找妈妈。

"对了，这条街朝右转，有家店明天去杜克曼送货。你去替老板干点儿活儿，也许他会捎你一段。"老妇人对玛尔说道。

　　玛尔赶紧跑到那家店前，只见灯火通明，一个老板模样的人站在车旁。玛尔跑过去请求老板带自己去杜克曼，并讲述了自己从意大利来寻找妈妈的经过。

　　"没有地方了。"老板把玛尔从头到脚打量了一遍，冷淡地回答道。

　　"这里有差不多三元钱，我可以全给你，路上我会帮你干活儿，我只吃一点点东西就够了，请您带我去吧。"玛尔哀求着。

　　"真的没有地方了，并且我们不去杜克曼，而是去莱斯德洛。就是带上你，你也要中途下车，还要再走很远的路。"老板被玛尔恳切的目光感动了，态度略微有些缓和。

　　"请您不要担心，能捎我一段就行，求求您了。"玛尔继续哀求着。

　　"车要走二十天，路上很苦，你能坚持下来吗?"老板问玛尔。

　　"只要能找到妈妈，我什么都可以忍受。"玛尔坚定地回答。

老板移过灯照着玛尔的脸，注视了一会儿，同意了他的请求。

凌晨四点，长长的车队在星光中出发了。玛尔一路上帮他们生火烤肉，给牲口喂草，擦油灯，打水，辛苦极了。

风不停地吹着，把漫天的红土卷入车内，吹到嘴里，呼吸就变得困难；吹到眼里，眼睛就睁不开。玛尔苦不堪言，身体随着车的颠簸摇动，每天都非常累。

老板不在时，其他人经常责骂和殴打玛尔。玛尔经常背着人偷偷地哭泣，意志一天一天地消沉。每天起来，他都觉得身体比前一天更弱了。

"恐怕我今天就要死在路上了。"玛尔经常绝望地想。

一天早晨，老板不在，其他人责怪玛尔打水太慢，不仅骂他，还用脚踢他。玛尔因此大病一场，连发了三天的高烧。

"妈妈，妈妈，救救我。我快要死了，你在哪里呢？"半昏半醒时，玛尔不停地喊着。

多亏有老板的照顾，玛尔的病慢慢好了，可是旅途中最艰难的日子也到了，他要下车独自步行了。

告别老板，玛尔蹒跚着独自登上旅程，在荒凉无边的原野走了几天，面前只有连绵不断的山峰，山顶上堆积着白雪。

有时走过小村庄，他就到小店中买些食物吃。几天后，玛尔的靴子破了，脚上磨起了水泡，每走一步都钻心地疼痛。

一天，天渐渐黑了，周围是黑压压的森林，玛尔非常害怕，便跑了起来。

为了克服恐惧，玛尔开始回想自己和妈妈之间发生的事情：自己生病时妈妈把被子盖在自己胸口；妈妈抱着自己，给自己讲故事；临行时，妈妈的嘱托……

"妈妈，你在哪里啊，我还能见到你吗？"玛尔仿佛看到了妈妈慈爱的面容，内心经常呼唤着。

一个星期过去了，玛尔越来越疲惫，脚上不断流出鲜血。

"请问这里离杜克曼还有多远？"一天傍晚，他问一个路人。

"不太远了。"路人回答道。

玛尔开心地向前奔去，但是，不久就筋疲力尽，躺在路边，看着满天的星星。

"妈妈，你在哪里，在做什么，也在想念着我吗？"他对着天空喊道。

可怜的玛尔，如果他知道妈妈现在的情形，一定会拼命向前飞奔的。

此刻，玛尔的妈妈正生着重病，躺在一个小房间里。在可特淮不能寄信，她失去了家人的消息，每天忧愁着，病越来越重。

现在，只有进行外科手术才能救得了她的性命，主人夫妇一直在劝说她接受手术治疗。

"主人，不要替我操心了。我一丁点儿力气也没有，会死在手术台上，不要让我再遭受那份痛苦了。"玛尔的妈妈有气无力地说道。

"就算是为了儿子，你也该接受手术啊。"主人对玛尔的妈妈说。

"这么长时间没有儿子的消息了，我可能到死也见不到他了。"一提起儿子，玛尔的妈妈更加绝望了。

玛尔的妈妈流着眼泪，昏睡过去。主人夫妇注视着可怜的妈妈。这么善良的人为了家人离开意大利，却要病死他乡了，真是可怜。

玛尔一瘸一拐地走到杜克曼市。每路过一家，他总要向门里张望，期盼可以见到妈妈。

人们都惊讶地看着这个衣衫褴褛、满身尘土的少年。玛尔看见一家旅店，招牌上写着意大利人的姓名。

"请问美贵耐治先生的家在什么地方？"玛尔慢慢地走近门口，鼓起勇气问道。

"是做技师的美贵耐治先生吗？"旅店主人问道。

"是的。"玛尔声细如丝。

"美贵耐治技师不住在杜克曼了。"旅店主人答道。

玛尔失望地瘫坐在地上。

附近的人们都围拢过来。

"这是怎么了？"旅店主人拉玛尔进店，然后问道。

玛尔把自己找妈妈的过程讲述了一遍。

"你也不用太失望，美贵耐治先生虽然不住这里，但是离这里也不远，五六个小时就可以到了。"旅店主人安慰着玛尔。

"他住在什么地方？"玛尔一下子跳起来。

"离这里不远有一个地方叫赛拉地罗。美贵耐治先生就住在那里。"旅店主人说道。

"我一个月前到过那里，好像见过美贵耐治先生家里的意大利女仆。"旁边的一个年轻人说。

"我怎么才能去那里，我现在就要去。"玛尔一听，放声大哭起来。

"到那儿差不多有一天的路程，你不是已经很累了吗，明天去好吗？"大家一起劝说道。

"不，我不能再等了，我立刻就去，我要早一点儿见到妈妈。"

见玛尔这样坚决，人们也就不再劝阻了。几分钟后，玛尔已经跛着脚，消失在小路的尽头。

玛尔的妈妈病危，看护的人们守在床前片刻也不敢离开。现在即使她愿意接受手术，医生也要明天才能来，可能已经来不及救治了。

"我的命太苦了，要死在这么远的地方，再也见不到儿子了。可怜的玛尔，他还小。我走的时候，他抱住我的脖子不肯放，哭得那么伤心。我死了，他可怎么办？没有了妈妈，又穷，他就要流落成乞丐了。我的玛尔现在不知道在做什么？"略为清醒的时候，妈妈不时地扯着头，发疯似的喊道。

　　玛尔连续走了几个小时，已经累得快不行了，可一想到妈妈就在附近，就有了力量，加快了脚步，眼泪也不停地流着。

　　"妈妈，我来找你了。我们以后永远不再分开，一起回家去。无论遇到什么事，我都再也不和妈妈分离了。"他自言自语，好像一边走，一边在和妈妈说话。

　　医生从杜克曼带了助手赶来，但也没有什么好办法了，此时玛尔妈妈的体力已经耗尽，手术的话必死无疑，只会白白地增加苦痛。

　　"主人，请将这一点儿钱和我的行李转送回国去。请替我写信给我的家人，说我一直想念着他们，说我最遗憾的就是不能再见到他们，说我临终还不放心玛尔。我的玛尔，我的宝贝……"玛尔的妈妈用细弱的声音嘱托着后事。

　　"有人来看你了，是你最爱的人。"女主人兴冲冲地进来对玛尔妈妈说。

　　妈妈使出全身的力气抬起头，看着门口，呼吸也变得急

促，忽然尖叫一声，撑起身子坐在床上——衣衫褴褛的玛尔出现在门口。

妈妈张开枯瘦的双臂，将玛尔紧紧地抱在怀里。

"你怎么来的，谁带你来的？你真的是我日思夜想的玛尔吗？我不是在做梦吧！"妈妈一边吻着玛尔的额头，一边惊喜地说。

"医生，请您立刻为我做手术吧。我不想死在这里，我想和玛尔一起回家。我愿意做手术，越快越好，帮我把玛尔领到别处去。"玛尔的妈妈转过头，对医生说。

玛尔被领了出去，其他人也连忙避开，屋中只留下医生和助手。美贵耐治先生想要带玛尔到别的地方去，可是玛尔坐在门口一动不动。无论发生什么事儿，他都要陪着妈妈。

美贵耐治先生坐在玛尔的身边，告诉他，妈妈病了，要接受手术。

过了很长时间，门开了，医生走了出来。

"妈妈死了吗？"玛尔的脸色变得煞白，急切地问医生。

"不，孩子，你的妈妈得救了。"医生对玛尔说。

"谢谢您，医生，谢谢您救了妈妈。"玛尔不由自主地跪倒在地，流下了眼泪。

"快起来，孩子，救活你妈妈的就是你自己。"医生扶起玛尔，对他说。

爱创造了奇迹。

爱的教育

　　我叫安利柯，生活在美丽的意大利，今年要上四年级了。新学年刚开始就发生了意外。今天早晨学校门口挤满了人，大家都在谈论着洛佩蒂。洛佩蒂是二年级的学生。

　　在上学的路上，洛佩蒂看到一个小孩儿倒在马路中央。这时，一辆车飞奔而来，洛佩蒂飞快地跑过去将那个孩子救起，自己却被轧伤了。

　　此时的洛佩蒂靠在校长胸前，眼睛紧闭，脸色苍白。人们小心翼翼地把洛佩蒂抬上马车，嘴里不停地称赞洛佩蒂是一个勇敢的孩子。看着马车慢慢走远，我们默默地走进校园。

几天后，听说洛佩蒂以后只有拄拐杖才能行走了。

今天上课前，教室里三四个小孩儿聚在一起，正在欺负手有残疾的孩子克洛西。其中一个叫勿兰蒂的孩子跳上椅子，模仿克洛西母亲挑菜担的样子，大家都被逗笑了。克洛西非常生气，拿起墨水瓶朝勿兰蒂扔去，没想到打中了从门外进来的老师。

看到老师进来，教室里瞬间安静下来。

"谁？到底是谁？"老师严厉地问。

"是我！"为了帮助克洛西，卡隆站了起来。

"我知道不是你，谁扔的起立，我决不惩罚！"老师看着他说。

"他们欺负我，我气急了，才把墨水瓶扔了出去。"克洛西站起来哭着说。

老师批评了那几个嘲笑克洛西的学生，还表扬了卡隆，说他是精神高尚的人。

温暖的午后，我和母亲送布给街边的穷妇人。母亲敲了敲门，开门的是一个瘦小的妇人。这时，我看到一个小孩儿在小屋里写字，原来是手有残疾的克洛西。我悄悄告诉了母亲。

"不要出声！如果他知道是自己的朋友帮助母亲，会不好意思的！"母亲说。

可是这时克洛西已经看到了我们。

"我因为生病不能再去卖菜了，弄得这孩子读不起书，连点盏灯的钱都没有。他很喜欢学习，但是我却什么都给不了他！"克洛西的母亲难过地说。

回家的路上，母亲教育我要多向克洛西学习。

有一个意大利少年，两年前被父母卖给了戏法班子，饱受虐待。大家非常同情他，将他送上一条开往意大利的船，让他回到父母身边。

船上有很多不同国家的人，大家好奇地询问他的经历，觉得他很可怜，便给了他很多钱。

少年躺在床铺上，想象着这些钱可以给自己带来一个美好的未来。这时，他听到刚刚给他钱的三个旅客在那里说意大利的坏话。

"意大利人都非常愚蠢！"一个说。

"意大利人都是强盗！"另一个说。

话还没说完，银币、铜币像雹子一样落到他们的头上和脸上。

"拿回去，我不要说我国家坏话的人的东西！"少年生气

地瞪着他们喊道。

今天，在女子学校的街角，一个面孔黑黑的扫烟囱小孩儿站在那里，哭得非常伤心。路过的女学生们问他发生了什么事情。他说，干活儿挣的三十个铜币不知什么时候从口袋的破洞漏掉了。

女学生们非常同情他，主动帮他凑钱，不但将三十个铜币凑齐，还多了几个。大家安慰着扫烟囱的小孩儿，直到快上课的时候才离开。

扫烟囱的小孩儿站在街上，看着满满一口袋钱，欢喜地擦着眼泪，感激地向离去的女学生们鞠躬行礼。

诺琵斯家境富裕，而培蒂是卖炭人的儿子，诺琵斯经常嘲笑培蒂的父亲像个叫花子。培蒂气得哭了起来，回家把这件事情告诉了父亲。

第二天，父亲拉着培蒂的手来到学校，将事情告诉了老师。正巧诺琵斯的父亲也在学校，听说了这件事。

"你是这么说的吗？"父亲问诺琵斯。

诺琵斯吓坏了，不敢说话。

诺琵斯的父亲把他拉到培蒂身旁，要他给培蒂道歉，要做个勇于承认错误的孩子。

"说了……对你父亲……非常不礼貌的话，请……原谅我。让我的父亲……来握……你父亲的手。"诺琵斯低下头，断断续续地说。

听了诺琵斯的道歉，培蒂的父亲反而不安起来，主动伸出手。就这样，两位父亲的手紧紧地握在了一起。

为了表示友好，诺琵斯的父亲还让老师安排两个孩子同桌。培蒂的父亲本想对诺琵斯说些什么，但最后还是什么都没说，只是用粗大的手指在诺琵斯的额头上碰了一碰，然后走了。

"今天的事情，请大家不要忘记，因为这是一年中最好的教训。"两位父亲离开以后，老师对我们说。

卡隆是我的好朋友，是一个善良、正直、勇敢的人，经常打抱不平。

我们班上有一个叫耐利的孩子，成绩很好，但身体非常瘦弱，而且是驼背。很多学生都嘲笑他，还模仿他驼背的样子。无论怎样被人捉弄，耐利从不反抗，只是坐在角落里哭泣。

一天，大家又在欺负耐利，被卡隆看到了。

"你们谁再碰耐利一下，我就一个耳光把他打得转三圈！"他突然跳出来对大家说。

捣蛋鬼勿兰蒂不相信，当真挨了卡隆一顿揍。从那以后，再也没人敢捉弄耐利了。

后来，耐利把事情告诉了母亲。他的母亲来到学校，向卡隆表示感谢，还将自己脖子上的十字架项链送给了卡隆。

一天，我和朋友华梯尼一起散步。走累了，我们就在路旁的石凳上坐下。石凳上还坐着一个衣着朴素的少年，他低着头，好像很疲倦的样子。华梯尼坐在我和那个少年中间。他很想向少年炫耀一下自己时髦的服装，故意指着衣服上的包绢纽扣给我看，可是旁边的少年看都不看一眼。

华梯尼又拿出怀表，打开后盖，傲慢地说里面是纯金的。

"真的吗?"我问他。

"那当然。你来看一下，是不是纯金的?"华梯尼把怀表拿到少年面前问。

"我不知道。"少年淡然地说，依然不看一眼。

"哎哟，还挺傲慢的!"华梯尼很生气。

这时，华梯尼的父亲走了过来。

"小声点儿，他是一个盲人。"父亲凑到儿子耳边小声说。

华梯尼惊讶地跳起来，仔细打量着少年。少年的眼珠看起来像玻璃球，果然什么都看不见。

"是我不好，我并不知道你……"华梯尼羞愧地望着少年，难过地说。

少年好像明白了一切，用亲切、哀伤的语调说没有关系。

华梯尼虽然虚荣，爱卖弄，但并无恶意。因为这件事，他在回家的路上一直没有笑。

今天，小石匠到我家里来玩。他穿着父亲的旧衣服，上面沾满了石粉和石灰。下午，我们坐在椅子上吃面包。突然，我看见小石匠衣服上的石灰沾到了椅背上，刚想伸手擦掉，父亲却拦住了我。

"你知道我为什么阻止你吗？如果你当着他的面擦椅背，就等于是责怪他把椅背弄脏了，不仅不礼貌，而且还会让他很尴尬。况且他也不是故意的，衣服上的尘土是他父亲干活儿时沾上的。凡是劳动时沾在身上的尘土或别的东西，都不脏。"小石匠离开后，父亲说。

我使劲地点了点头，暗暗记在心里。

卡洛斐最大的乐趣就是集邮，已经有两个年头了。邮票簿就是他最宝贵的财产，他从来不和别人分享。大家都骂他是吝啬鬼，说他爱财如命。莱蒂说就是用邮票簿救母亲的命，他也不会舍得这邮票簿。我父亲却不同意。

"不要那样批评人，那孩子虽然不够大方，但也有可敬

之处!"父亲说。

一天,空中飘舞着雪花,我和父亲去商店买东西。街上有很多小孩子,正开心地打着雪仗。忽然有人尖叫了一声,原来是一位过路的老人被雪球打伤了眼睛。行人立即围过来,连警察也赶来了。警察将老人暂时安置在路边的一户人家。

"刚才是谁扔的?"有人问。

卡洛斐站在我旁边,脸色苍白,全身颤抖。

　　"快承认了吧，要敢于承认错误！"卡隆走过来，小声对卡洛斐说。

　　"但我不是故意的。我不敢承认。"卡洛斐小声地说。

　　"来，我陪你去。"卡隆说完，带着卡洛斐向警察走去。

　　警察带着卡洛斐向那户人家走去，我和父亲、卡隆跟在后面。

　　"我不是故意的。"卡洛斐小声地说。

　　"好孩子，回去吧。我没事儿，别害怕。"老人伸出手，摸了摸卡洛斐的头，慈祥地说。

　　回家的路上，父亲问我如果遇到相同的情况，是否有认错并承担责任的勇气。

　　"我有。"我坚定地回答说。

　　几天后，我和父亲去受伤的老人家里探视。老人躺在床上，说四五天内就可以痊愈。

　　这时，门铃响了。

　　敲门的正是卡洛斐，他站在门口，低着头好像不敢进来。

"你是来看我的吗？我已经快好了，放心吧！回去告诉你父母，说我很好，不必挂念。"老人说。

卡洛斐仍站着不动，似乎还有话要说。

"还有什么事吗？"老人问。

卡洛斐忽然拿出邮票簿递给老人。我看了大吃一惊，他平常把邮票簿看得比生命还重要，如今却拿出来作为感谢"原谅之恩"的礼物。

叙力亚是小学五年级的学生，父亲在铁路局上班。父亲虽然宠爱他，但对他的学习却从不放松。

父亲白天在铁路上工作，晚上还要揽一些抄写文件的活儿，每天都很晚才睡。一家人的生活重担都压在父亲肩上。最近，父亲总是感觉很疲惫，还说他的视力越来越不好了。叙力亚很想帮助父亲，但父亲让他把全部精力都放在学习上。

一天晚上，十二点的钟声敲响，叙力亚听见父亲回卧室的脚步声，便悄悄起身，走进书房，模仿父亲的笔迹抄写起来，一直抄到很晚。

"喂，叙力亚，你父亲还没老呢，昨晚我多做了三分之一的工作。"第二天午餐时，父亲高兴地拍着叙力亚的肩膀说。

叙力亚什么也没说，但心里非常快活。以后每晚十二点，叙力亚就起来工作。因为每天熬夜，睡眠不足，晚上复习功课难免打瞌睡。一天，叙力亚趴在桌子上睡着了。

"叙力亚，你对得起我吗？你变得和以前不一样了，一家的希望都寄托在你身上，知道吗？"早餐时，父亲严厉地批评了叙力亚。

"看来晚上抄写的事要暂时停下来了，这样下去可不行。"叙力亚心想。

午餐的时候，父亲高兴极了，从抽屉里拿出一袋点心。

"大家听我说，我这个月比上个月多赚了六元四角钱。虽然多赚了钱我很开心，但是这孩子实在让我生气。"父亲说着还指了指叙力亚。

叙力亚默默地忍受着责备，心里既高兴又难过。

从此以后，叙力亚仍努力地帮助父亲抄写文件。他更加疲惫不堪，学习时总是精力不集中。

"叙力亚，你应该知道家里的状况，你知道我为了养活一家人有多劳累，你竟然这么不用功，太伤我的心了！"父亲再次批评了叙力亚。

"不，请别这么说，父亲！"叙力亚含着眼泪说。

又过了两个月，父亲见叙力亚仍不好好用功更加生气了，对他的态度也越来越冷淡。叙力亚难过极了，痛苦和疲劳使他的身体越来越虚弱，学习成绩也退步了许多。

一天晚餐的时候，母亲觉得叙力亚的脸色很差。

"叙力亚不知怎么了，你看他的脸色。"母亲对父亲说道。

"即使有病也是他自作自受。以前用功的时候，他并不这样。"父亲瞥了一眼说。

"你怎么这样狠心，或许是因为他生病了。"母亲说道。

"我早就不想管他了！"父亲生气地说。

叙力亚听了心如刀割。父亲竟然不管他了！啊，父亲，无论如何，请您不要这么说！

这天晚上，叙力亚照常起床抄写文件，不慎把一本书碰到了地上。他很担心，害怕父亲发觉，但静静听了一会儿，什么声音也没有，一家人都睡得死死的，这才放心重新开始工作。

叙力亚拿着笔专心地抄啊抄。其实父亲就站在他身后。父亲被书落地的声音惊醒，悄悄来到书房。他望着叙力亚的背影，瞬间明白了一切，心里充满了无限的懊悔。

"明白了，一切都明白了。对不起你了！"父亲从背后抱住叙力亚，含着眼泪吻着儿子的头发。

父亲将他抱到自己的床上。

"快来亲亲这孩子，可怜他三个月来竟然不睡觉，为一家人操劳，我还那样责骂他！"父亲对母亲说。

母亲明白了，抱住儿子，几乎说不出话来。

护士

由于疲劳，叙力亚很快就睡着了。几个月来，他第一次睡得如此香甜。

早晨醒来时，叙力亚发现，满头白发的父亲趴在床沿上。父亲整整陪了他一夜。

三月中旬，一个春雨绵绵的早晨，一个乡下少年来到医院门前，说要找他刚刚入院的父亲。

"你父亲叫什么名字？"护士问。

少年焦急地说出了父亲的姓名。

"是从国外回来的那个老工人吗？"护士一时想不起这个名字，又问道。

"什么时候入院的？"护士继续问道。

"五天前。"少年回答道。

"对了，在四号病房最里面的床位。"护士想了一会儿，好像突然记起来了，说道。

少年跟随护士找到病人。

看见床上躺着的病人，少年马上哭了起来。病人很瘦，面部肿胀，眼睛眯成一条缝，嘴唇厚厚的，完全不是往日的父亲了，只有面部的轮廓和眉毛还依稀能看出父亲的模样。病人呼吸微弱，已经不能说话了。

"爸爸，是我啊，是西西洛呀。母亲不能来，叫我来照顾你。你跟我说句话呀！"少年叫喊道。

病人看了少年一会儿，又把眼睛闭上了。

"爸爸，你怎么了？我是你儿子西西洛啊！"少年大声喊着，可是病人毫无反应。

看着病危的父亲，少年想起了父亲的往事和母亲愁苦的今天，越想越难过。

少年向医生问起父亲的病情。

"还是有救的，不要伤心，你只管好好服侍就行了。"医生安慰他说。

从此，西西洛一心服侍父亲，一会儿整理被褥，一会儿又测体温，有时听到病人的叫声便仔细地观察病人的脸色。护士送来药，西西洛就细心地用勺子一点点儿地喂服。

父亲偶尔睁开眼睛，似乎有些神志不清，一直茫然地看着西西洛。

一天，父亲的脸色有些不好，西西洛便说了很多安慰的话。听了这些话，父亲的眼中流露出感激的神情，甚至有一次嘴角露出了微微的笑意。西西洛很高兴，和父亲说起了家里的琐事。父亲似乎很喜欢西西洛的声音，总是侧耳倾听着。

父亲的病情时好时坏，西西洛用心地服侍着。只有看到西西洛的时候，父亲才会露出开心的笑容。除了西西洛，别人喂什么他都不肯吃。

到了第五天，父亲的病情忽然加重了，医生摇着头，露出为难的表情。西西洛忍不住哭了起来。父亲眼睛一眨不眨地盯着西西洛。

下午四点，西西洛在病房照顾父亲，这时进来了一个手缠绷带的人。

"西西洛，我的儿子！"来人大叫了一声，原来他才是西西洛的父亲。

西西洛扑到父亲的怀中，大哭起来。

"西西洛，你认错人啦！你母亲来信说你早就来了，我等了你好久，都快担心死了。"父亲看了看躺在床上的病人，说道。

西西洛愣住了。

"走吧，晚上赶到家还来得及。"父亲拉起儿子的胳膊说。

西西洛回头看了看病人，病人也瞪大了眼睛注视着他。

"爸爸，我暂时还不能回去。我在这里住了五天，将这个病人当成您了。我很同情他。您看，他正看着我呢！这几天，都是我喂他吃饭。没有我，他是不会吃东西的。如今他病得很重，就让我留下来吧。我走了，他就要孤零零死在这里了。爸爸，请让我留下来吧！"犹豫了一会儿，西西洛坚定地说。

"真是个好孩子！"周围的人不停地称赞着。

父亲犹豫不决，看看儿子，又看看病人，问周围的人关于病人的情况。

"同你一样，也是个乡下人，刚从国外回来，恰好和你同一天入院。进来的时候什么都不知道，话也不能说，也找不到他的家人。他把西西洛当成了儿子。"一个病人说道。

"那么你就留下来吧。"父亲想了一会儿，对儿子说。

知道西西洛决定留下，病人笑了。西西洛仍细心地照顾着病人，陪在他身旁。第二天，病人病危，医生说没希望了。

病人看着西西洛，似乎想要说什么，但半天也没说出话。西西洛又照料了病人一整夜。天亮时分，病人看了西西洛最后一眼，慢慢地闭上了眼睛。

"他已经断气了。"医生说。

就在这时，西西洛觉得病人握住了他的手。

"他握着我的手！"西西洛喊道。

"他只是在做最后的感谢。你这样的人是有神灵保护的，将来肯定会得到幸福，快回去吧！"医生仔细观察了一下病人，摇了摇头说。

"没有什么可以送给你的，请收下这束花吧，留个纪念！"护士把窗台上的鲜花递给西西洛说。

"谢谢！"西西洛接过花，含着眼泪说道，"但是，我要走很远的路，花会枯死的。"说着他把花放在去世病人的床边。

要离开了，西西洛犹豫了一下，想起这几天来叫惯了的称呼，不觉还是叫了一声爸爸，然后慢慢走出病房。

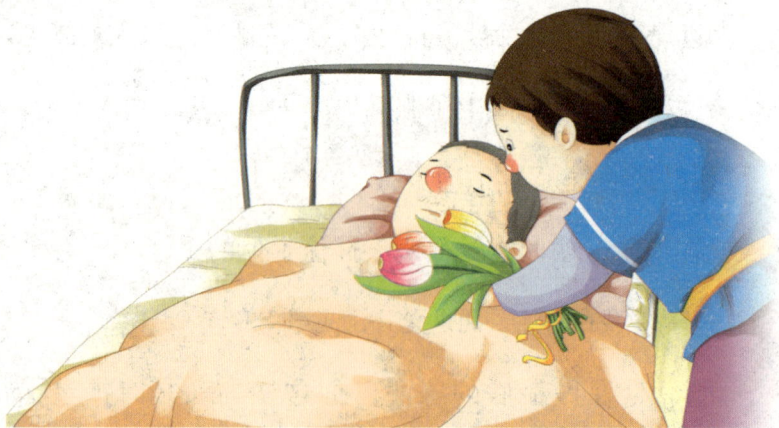

一天夜里，费鲁乔的家里特别冷清。他的父母因为有事去市里了，明天才能回来。这样，家里只剩下脚有残疾的老祖母和十三岁的费鲁乔。

夜渐渐深了，下起了小雨。十一点了，费鲁乔出去玩耍还没有回来。祖母担心得睡不着，在大安乐椅上一动不动地坐着，等着孙子回来。

费鲁乔终于回来了，身上沾满泥巴，衣服也撕破了，额头上还带着伤痕。今晚，他又和别人打架了，并且把钱也输光了。

在昏暗的灯光下，祖母看到孩子的狼狈相，一下子全都明白了，伤心地哭起来。

"你这个没有良心的孩子啊，一点儿都不为祖母着想，总是这样让我伤心。小心啊，费鲁乔，你走上邪路了！小的时候赌博打架，长大了就会变成流氓、盗贼。"祖母一边哭一边说。

费鲁乔远远地靠在壁炉旁，低头皱着双眉，似乎打架的怒气还未发泄出来。

"从赌棍变成强盗。仔细想想吧，费鲁乔，你想让父母都为你伤心吗？"祖母反复地说着。

费鲁乔的脸上一点儿也没有愧疚的表情。他认为自己所做的一切都不过是因为好玩，并无恶意。

"费鲁乔，你连一句认错的话都没有吗？你小的时候，我没日没夜地照顾你，有什么好吃的都留给你。那时我经常说你是我将来的依靠，可你现在居然学坏了。我只求你做个好孩子。你还记得吗，小时候你是很爱我的。"祖母见孙子不出声，继续说。

费鲁乔心中充满了悲伤，正想扑进祖母的怀抱，忽然旁边的屋里传来轻轻的响声。

"是什么声音？"祖母担心地问。

"可能是下雨声。"费鲁乔说。

"那么，费鲁乔，以后要规规矩矩的，不要再让祖母流泪了！"老人擦掉眼泪说道。

隔壁又传来了咚咚的响声，祖母的脸唰地一下白了。

"谁啊？到底是谁？"费鲁乔鼓起勇气大声问道。

话音刚落，两个强盗突然跳进屋里。一个捉住费鲁乔，捂住了他的嘴，另一个卡住老人的喉咙。

"不要出声，否则就要你的命！"一个强盗说。

"不许声张！"另一个强盗举着短刀说。

这两个人都用黑布蒙着脸，只露着眼睛。

屋里除了粗重的呼吸声和雨声，没有任何声音。祖母害怕得浑身发抖。

"你老子把钱藏在哪儿了？"抓着费鲁乔的那个强盗问。

"在壁橱里。"费鲁乔定了定神，小声地回答说。

强盗紧紧勒住他的脖子，把他拉到壁橱前。翻找了一通，强盗将钱塞进怀里。

"找到了吗？"另一个强盗低声问。

"找到了。"第一个强盗回答说。

"快走！"勒着老人的强盗朝门外望了望低声说。

"不许出声，当心我割断你们的喉咙！"抓着费鲁乔的强盗举起短刀说。

就在这一瞬间，强盗脸上的面纱不知怎么掉了下来。

"啊，是莫左尼！"老人惊叫道。

"该死的东西，你去死吧！"强盗因为被认出，怒吼着举起短刀刺向老人。

老人晕倒在地，一旁的费鲁乔扑上去挡在祖母身前。慌乱中，强盗打翻了壁炉上的灯，匆匆逃走了。

"祖母，您还好吗？回答我呀！"确定强盗已经离开，费鲁乔抱紧祖母轻轻呼唤道。

过了好一会儿，祖母恢复了神志。

"费鲁乔！"祖母呼唤着。

"祖母！"费鲁乔答道。

"那些家伙走了吧？"祖母问道。

"是的。"费鲁乔回答道。

"没有杀死我吗？"祖母又问。

"是的，您挺好的，祖母。那些家伙把家里的钱拿走了，还好，大部分钱父亲都带在身边。"费鲁乔声音微弱。

"祖母，祖母，您爱我吗?"费鲁乔紧抱着祖母问。

"啊，费鲁乔，我当然爱你啦。这孩子，一定是受惊了。仁慈的上帝，让我把灯点着吧! 哎哟，还是暗点儿好。不知为什么，我还是很害怕!"想到刚才的情形，祖母仍然胆战心惊。

"祖母，让您伤心了!"费鲁乔说道。

"哪里，费鲁乔，不要再说这样的话! 我早已不记得了，我仍旧很爱你。"祖母亲切地说。

"我经常让您伤心，但我是爱着祖母的。原谅我吧，祖母!"费鲁乔的声音更小了。

"当然，怎么会不原谅你呢，快起来。我再也不骂你了。你是好孩子。我点上灯，别害怕，起来吧，费鲁乔。"祖母说道。

"祖母，谢谢您。我感到很开心，祖母，您不会忘记我吧？无论什么时候都会记得我吧？"孩子的声音更低了。

"啊，费鲁乔!"祖母有点儿慌了，不明白孙子话中的意思。

"请不要忘了我!"费鲁乔气若游丝。

"啊，费鲁乔呀，我的乖孙子!"祖母用力摇晃着孙子的肩膀惊叫道。可是费鲁乔已经什么都听不到了，那把短刀刺穿了他的胸膛，他英勇地死了。

假如我是爸爸

有一对父子，爸爸叫苏巴，儿子叫苏希。

人们常说，名字代表着美好的愿望，但并不代表事实，真是太对了！苏巴是个干瘪的小老头儿，体弱多病，干点儿活儿就气喘吁吁。苏希不但淘气，还非常顽皮，经常搞一些恶作剧，惹是生非，不是砸了东家的窗户，就是毁了西家的草坪；今天打瘸了约翰的小狗，明天又剪掉了爱丽丝小猫的胡子。他总是惹得四邻不安，鸡犬不宁，邻居们怨声载道。

儿子每次惹祸，爸爸都气得要死，满街追骂，恨不得狠狠揍他一顿。

老苏巴患有严重的风湿病，腿脚不利索，跑起来膝盖就会疼，经常疼得满头大汗。

顽皮的苏希一看爸爸要打他，就像一只撒欢儿的小鹿一样，撒腿就跑，一边跑还一边回头观察，看到爸爸追不上他，便回过头来做鬼脸。

"来呀，快来抓我呀。"苏希笑嘻嘻地对爸爸喊道。

可怜的老苏巴怎么能追上活蹦乱跑的苏希呢？他经常又累又气，最后还是眼睁睁地看着儿子跑掉。

当然，小孩子毕竟贪玩贪吃，老苏巴经常会利用苏希玩兴正浓或吃得正欢时，出其不意地抓住他，狠狠教训他一顿。

这时候，小苏希只好揉着被打肿的屁股，埋怨自己的运气不好。

一个星期六的早晨，小苏希不想去上学。本来，学校规定每周六下午两点放学，可是今天有地理考试。小苏希最不喜欢这门课，无论怎么努力，也记不住世界上究竟有几个大洋、几块大陆，更别说山、河、城市啦！因为学不好，所以他特别害怕这门考试。

当然，他不想上学，还有一个更重要的原因。昨天吃晚饭的时候，他听说鲍斯家今晚要放烟花，而他又最喜欢看烟花。他还知道，今天从一大早鲍斯家就会陆续来很多人，这种场合怎么能少了爱凑热闹的小苏希呢？

想到漫天五颜六色的烟花和美味的蛋糕、糖果，苏希躺在床上说什么也不想起来，决定就在那里打发一天的时间。

"哎呀，爸爸，我的肚子好疼啊，起不了床了！"苏希痛苦地捂着肚子喊道。

"那你今天不去上学了？"爸爸问道。

"我当然想去上学，可是肚子真的好痛啊。爸爸，我今天能不能不去了，就这一天。"苏希哀求道。

一看苏希的表情，苏巴就知道他又想逃学。

"好小子，你这是想逃学去看烟花吧？我偏不让你得逞，看我怎么收拾你！"苏巴皱着眉头想。

"太可惜了，我刚买了一些柠檬棍糖。你的肚子怎么这么不争气啊，可怜的孩子。看来你是吃不上了，真是遗憾啊！"老苏巴非常惋惜地说。

听说有自己最爱吃的柠檬棍糖，苏希有些后悔了，用亮晶晶的小眼睛看着爸爸。苏巴心里偷偷地笑了。

老苏巴眼珠一转计上心来，决定趁这个机会好好教训一下苏希。

"好好躺着，孩子，我去给你弄点儿药吃。"苏巴对苏希说道。

"不用吃药，爸爸，一会儿就没事儿了！"听说要给自己吃药，苏希赶紧喊着说。

"那怎么行啊，有病就得吃药，常言说'良药苦口利于病'，吃了药才能快点儿好啊！"老苏巴不由分说，出去调了一杯助消化的药水端了进来。

"现在一点儿都不痛了，我这就去上学。"见爸爸端药进来，苏希一骨碌爬起来，撒腿就跑。

"别跑，别跑，先把药吃了！"老苏巴一把抓过苏希，按到床上强行灌药。

"你今天哪儿也不能去，就静静地躺在床上休息。你不是不爱上学吗？那就好好在家待着，哪儿都不要去，我叫阿里待会儿自己去看烟花。本来我还给你买了柠檬棍糖，准备让你晚上看烟花的时候吃，可是现在不行了，那就送给阿里吧！"老苏巴自顾自地说，然后气呼呼地走出房间，将门反锁上。

非常喜欢吃柠檬棍糖，可偏偏吃不到嘴；最害怕吃药，却被爸爸强行灌了下去；更重要的，从昨天晚上起，就急不可待地想去鲍斯家玩儿，可是所有的计划这下全泡汤了，真是走背运啊！

苏希在床上伤心地哭了整整一天。他心中突然萌生了一个莫名其妙的想法：要是让我变成爸爸，不用上学，不会被关起来，不会被灌苦药，想玩儿多久就玩儿多久，没人说没人管，那该多好啊！

余怒未消的老苏巴独自坐在外面吸烟，突然也生出来一个奇怪的想法：我小时候没念好书，那是因为父母管教不严，一味溺爱。唉，要是能回到童年，我一定好好读书，不浪费一点儿时间！

正当父子俩各想心事的时候，愿望仙子从他家门前经过，便决定帮他们实现愿望。

"你的愿望会实现的，从明天起你会变回你儿子的年龄。"愿望仙子对老苏巴说。

"从明天起你会变成你爸爸的年龄。"愿望仙子又对苏希说。

听了仙子的话，父子俩高兴坏了。苏希跳着举手欢呼，苏巴激动得在院子里转圈。

以前，老苏巴有失眠的毛病，经常要到天亮才能入睡，可是今天他却睡得很香，一觉醒来天已经大亮。

苏巴发现自己回到了童年，满脸的胡须也不见了，掉落的牙齿又重新长了出来，睡衣显得肥大，衬衣的袖子几乎拖到了地面，领口垂到胸口以下。

从前，苏希每天一大早起来就不停地闹腾，浑身有使不完的劲儿，可是今天却仍在呼呼大睡，因为他直到天亮才睡着。

苏希马上被苏巴吵醒了。他睁开眼睛，发现自己长高了一大截，衣服都快要绷破了，扣子系不上，肚皮露在外边。

他摸了摸头，发现头发几乎落光，剩下的几根也已经是花白颜色，昨天还浓黑茂密的头发一夜之间不知去哪儿了，光秃秃的头顶像个灯泡，下巴上长出了一片斑白的胡子，几乎将嘴巴遮住。

刚刚醒来的苏希觉得浑身酸痛，好像干了很累的活儿，哈欠连连，透着疲惫和老迈。他又躺下迷糊了一会儿，但马上就被苏巴的打闹声吵醒。

苏希曾经以为，只要能变成爸爸的年龄，就再不用去上学，不受人约束，可以整天爬树、游泳、采芒果、掏鸟窝，想玩儿多晚就玩儿多晚，想吃什么就吃什么，没有人管，更不会有人打，整天自由自在，兜里总揣着钱，可以买好多好

多的糖果。

可是很奇怪，今天已经变成爸爸的年龄，但却没有了爬树的愿望。他来到水塘边，要是以前，他早跳下去洗澡了，可是今天直觉却告诉他，那样会着凉的，非得重感冒不可。他坐在走廊的席子上静静地发了一会儿呆，觉得这样挺舒服。

然而，衰老的身体却装着一颗儿童般的心，总是这样坐着怎么受得了呢？苏希不服气地想，总得爬爬试试吧，因为昨天还可以呢！

苏希来到一棵树下，试着爬上去。

昨天他还能像松鼠一样灵巧地爬上去，而今天却怎么用力也做不到了。

他咬紧牙关，抓住一根树杈往上爬，谁想树杈折断了，臃肿的身体重重地落到地上，摔了个四脚朝天。路过的行人见他这副丑态，无不捧腹大笑。

"那么细的树杈怎么能禁住他呢？" "唉，真有意思，都啥年纪了，简直笑死人了！"人们议论纷纷。

苏希突然意识到了自己的衰老，立刻难为情地溜走，躺回家里的席子上。

"喂，你去给我买些柠檬棍糖来。"苏希吩咐仆人道。

苏希非常爱吃柠檬棍糖。

以前，他每次经过学校附近的一家店铺，看到里面摆着花花绿绿的柠檬棍糖，就馋得直流口水，只要兜里有钱，一定要买几块吃。那时他常想，要是也像爸爸那样有钱，一定要买好多好多的柠檬棍糖，把所有的口袋装得满满的，吃个够。

仆人很快买来一大堆柠檬棍糖。

苏希拿起一块放进嘴里，可是突然意识到，牙齿已经掉光了，而且一点儿也不喜欢这种味道。

这是怎么啦？昨天还特别想吃的东西，今天却一点儿也不想吃了。他决定把这些糖果送给已经变成孩子的爸爸吃，可是想了想又觉得不妥，万一他吃了棍糖，牙痛怎么办。

　　无聊的苏希决定去找从前的伙伴，可是他们见到苏希走来，再也不像以前那样亲热，一个个都跑掉了。

　　以前，苏希常想，要是没有爸爸约束，就可以整天和小伙伴们一起玩耍打闹，有做不完的游戏，说不尽的乐趣。可是如今，一看见旧日的伙伴们在那里吵闹大笑，他就感到厌烦。

　　这都是他过去最好的朋友，朝夕相处，亲密无间。可是如今，他却再也没有当时的心情了，总想独自一人静静地待一会儿，烦透了那些整日吵吵闹闹的家伙。

　　以前，苏巴经常想，小时候我太淘气太贪玩，浪费了很多时间，要是能回到童年，我一定要整天把自己关在屋子里，刻苦读书，珍惜时光，早起晚睡。他甚至觉得，晚上听祖母讲故事都是在浪费时间。可是，当他真的回到了童年，却怎么也坐不住板凳了。

　　别说放学后不想看书，就连学也不想去上了。他总是寻找各种借口，甚至不惜说谎逃学。这时候，老气横秋的苏希

就非常生气，经常训斥他，甚至动手。

"爸爸，你不去上学啦?"苏希问道。

"我肚子痛，不想去了。"苏巴回答说。

"不行，这已经是我玩过的把戏，你休想蒙我!"苏希恼火地说。

的确，苏希从前就是总找各种借口蒙爸爸，不久前就蒙过一次，而今爸爸却照葫芦画瓢又来蒙他，太小儿科了。

苏希采取强制手段把爸爸送去上学。

终于放学了。苏巴如鱼得水，尽情地蹦跳喊叫，搞得院子叮咣乱响。而此时的苏希，正戴着老花镜专心致志地诵读《罗摩衍那》。

苏巴的吵闹声显然影响到了苏希。于是，他立刻将苏巴撵回屋做功课。

"爸爸，马上做功课，我就在这儿看着。"苏希严厉地说，然后挑了几道难题让爸爸做。苏巴绞尽脑汁，满头冒汗，半天才能做出一道难题。

每天傍晚，苏希的房间里就会来许多老头儿找他下棋。为了能清静地下棋，苏希特地为苏巴请来了家庭教师，每天晚上给他补习功课，直到晚上十点钟。他觉得这样既能提高苏巴的学习成绩，自己又能安心下棋，真是一举两得。

在饮食方面，苏希也要求得很严。他记得爸爸消化不好，只要多吃一点儿，胃就不舒服。所以，苏希总是限制爸爸的饮食，除了限制食量，还让他多吃青菜少吃肉。

其实，现在的苏巴胃口好得连毛线团都能消化得了，不让他吃饱怎么行呢？他每天都饿得心烦意乱。

后来，苏巴日渐消瘦，只剩下一副骨头架子了。苏希以为爸爸生病了，于是买来各种各样的药，逼着他服下去。苏巴哭笑不得，为此，父子俩的矛盾很大。

今非昔比，苏希的状况越来越糟。

从前，只要听说村里有什么热闹，不管刮风下雨，他都会不顾一切地跑去观看。可是现在，苏希要是这么干了，准会感冒咳嗽，两三个星期都要打针吃药，卧床不起。

从前，他总是在池塘里洗澡，可是现在，如果再去池塘洗澡，一定会出现关节炎症状——臂关节、膝盖红肿发炎，钻心疼痛。他再也不敢去池塘洗澡了，养成了每隔两天用热水洗澡的习惯，而且也不让苏巴洗冷水澡，担心他着凉。

从前，苏希喜欢在椅子上跳上跳下，认为这是件有趣的事情；如今，只要一跳，肯定会崴脚。

他平时爱吃豆子，可是刚抓一把放进嘴里，就马上意识到，牙都没了，怎么嚼呢？

他拿起梳子梳头，却意识到脑袋光秃秃的，已经无须梳理了。

但有时，苏希还会忘记自己已经是一个老人，去干一些恶作剧。一天，他见一位老婆婆头上顶着水罐在街上走，就扔过去一块石头砸破了水罐，结果水洒了老婆婆一身。

"你这不要脸的东西，头发都白了，还这样不晓事理，真是白活啊！"老婆婆破口大骂。

周围的人也都来指责他，追着要揍他。这时，他才猛然意识到，自己已经不是一个小孩子了，于是羞得无地自容，撒腿就跑。

而苏巴呢，也会时常忘记自己已变成了小孩子的事情。

从前，他常和几个老头儿一起打牌、掷骰子。而如今，他只要去找他们，就会惹来不愉快。

"一边儿去，找孩子们玩儿去，别在这儿装老！"一个老头儿大声斥责道。

有一次他不走，还被揪着耳朵赶跑了。

上课的时候，苏巴时常会不自觉地要烟抽，引得同学们哄堂大笑，为此，老师罚他用一只脚站在凳子上听课。

有时，他会埋怨理发师很多天不来给他剃胡子。

"开什么玩笑，你有胡子吗？等着吧，二十年后我再给你剃胡子！"理发师总会这样说。

苏巴还会像以往一样打儿子，这时，苏希就会很生气。

"你的书怎么念成这样，小小年纪竟然动手打老人，真不像话！"苏希经常这样抱怨。

苏巴又瘦又小，经常在外面挨欺负。一天放学，刚出校门就被一个高个子男生打了一巴掌，他知道自己打不过，只好忍气吞声。

为此，苏巴非常烦恼。

"愿望仙子啊，快把我变回原来的样子吧，我实在受够了，救救我吧！"他不住地念叨着。

苏希也觉得非常不适应。

"愿望仙子啊，快把我变回孩子吧，我还是想尽情地玩耍，而且爸爸现在这个样子，简直让我无法忍受，一分钟也忍受不了！"他诚心诚意地说。

听了苏巴和苏希的话，愿望仙子来到这对父子面前。

"你们真的这么想？"愿望仙子问道。

"我们说的是实话，请您把我们变回原来的样子吧！"父子俩连连哀求愿望仙子。

"好吧，明天早晨起来，你们就会变回原来的样子了。"愿望仙子说。

果然，第二天早晨醒来，苏巴变回了从前的老头儿，苏希也变回了从前那个淘气的孩子，两人仿佛做了一场大梦。

"苏希，怎么还不背你的语法？"苏巴声音低沉地问道。

"爸爸，我的书呢？"苏希挠挠头回答说。

莴苣姑娘

在很久很久以前，有一对夫妻，他们一直想要个孩子，可总是求而不得。无奈之下，女人只好祈求上帝赐给他们一个孩子。

透过他们家的窗户，可以看到一个美丽的花园。花园里长满了奇花异草，漂亮极了。可是，花园被一道高高的墙围着，谁也不敢进去，因为那个花园属于一个可怕的女巫。

一天，妻子站在窗口向花园望去，看到花园里的一块菜地上长着非常漂亮的莴苣。这些莴苣绿油油、水灵灵的，立刻勾起了她的食欲。这种欲望与日俱增，可是她知道自己无论如何也吃不到花园里的东西，感到痛苦极了，连面容都憔悴了。

丈夫知道女巫很可怕，但更心疼自己的妻子，为了能让妻子恢复往日的笑容，他决定冒险去花园里采摘莴苣。

说干就干，这一天的黄昏时分，丈夫翻过围墙，溜进了女巫的花园。他飞快地拔了一棵莴苣，带回了家。

莴苣的味道真是太好了，第二天妻子还想吃莴苣。为了满足妻子，丈夫只好再次翻进花园采摘莴苣。可他刚翻过围

墙，竟被眼前的一幕吓呆了——女巫就站在他面前！

"你好大的胆子，竟敢溜进园子来偷我的莴苣！我必须惩罚你！"女巫怒气冲冲地喊道。

"请您饶了我吧，我是没办法才偷您的莴苣。我妻子看到你园子里的莴苣，想吃极了，吃不到恐怕就会死掉。"丈夫吓坏了，一边解释一边向女巫求饶，希望能得到她的原谅。

"如果事情真像你说的那样，我可以让你采摘莴苣，随便你采摘多少都行。但我有一个条件，你必须把你妻子将要出生的女儿交给我。"女巫的气稍稍消了一些，对他说。

"你放心，我会让她过得很好的，而且会像妈妈一样对待她。"见丈夫迟疑，女巫又说。

看没有其他选择，丈夫只好答应了女巫的条件。

时间飞快地过去，妻子果然生下了一个女孩儿。当他们以为女巫已经忘记了约定时，她来了。女巫看着可爱的女孩儿，喜欢极了，给孩子取了个名字叫莴苣，然后抱着女孩儿飞走了。

莴苣一天天长大，成了天底下最美丽的女孩儿，尤其是她那头浓密的头发，闪耀着金丝般的光泽，编成长长的辫子漂亮极了，连太阳看见都心生羡慕。在她十二岁那年，女巫把莴苣关进了一座高塔。

这座高塔在森林深处，平时很少有人经过。高塔没有楼梯和门，塔顶只有一扇小窗户。女巫想进入高塔，就在塔下喊："莴苣，莴苣，我要上去，把你的辫子垂下来。"

每每听到女巫的叫声，莴苣都会垂下她金色的辫子。

几年过去了，莴苣出落得更加楚楚动人，辫子也更长了。

有一天，王子骑马经过森林，刚好看到这座高塔。一阵美妙的歌声飘进了他的耳朵。唱歌的正是莴苣姑娘，她寂寞时只能用唱歌来打发时光。循着歌声飘来的方向寻找，王子发现了高塔上的唱歌人。王子想到塔顶上去见她，看看有这般歌喉的姑娘长什么样，他寻找塔门，可怎么也没有找到。

一天，女巫来看望莴苣，恰巧王子也来听她唱歌。王子躲在树后，记下了女巫进入高塔的过程。看见女巫离开，王子决定学着女巫的做法进入高塔看看唱歌人的容貌。

"莴苣，莴苣，我要上去，把你的辫子垂下来。"王子捏着鼻子在塔下喊。

莴苣感到有些奇怪——女巫今天怎么来了两次呢？但她还是垂下金色的辫子。王子顺着辫子爬了上去。

莴苣见爬上来的竟是一个陌生的男人，大吃一惊。但是王子高贵的气质、彬彬有礼的举止让莴苣解除了戒备。当王子讲述了自己是如何被她的歌声打动、如何日日来听她的歌声时，莴苣觉得自己就是世界上最幸运的姑娘。

其实，莴苣内心也很向往外面的世界，所以当王子问莴苣是否愿意和他一起离开高塔时，莴苣毫不犹豫地答应了。

"我非常愿意跟你一起走，可我不知道怎么下去。你每次来的时候都给我带一些丝线吧，我要用丝线编一个梯子。等到梯子编好了，我就可以爬下去了。"莴苣转念一想，又

对王子说。

女巫总是白天来，所以王子决定每天傍晚来看望莴苣，并给她带来丝线。

"为什么我拉您的时候，您总是能一下子就上来呢?"女巫开始并没发现有什么异常，直到有一天莴苣问她。

"你是觉得我上来得快?"女巫问。

"是的，我觉得您比一般人上来得要快很多。"话音刚落，莴苣意识到自己说漏嘴了，因为女巫不许她接触任何人。莴苣惊恐地望着女巫，女巫也愤怒地看着她。

女巫决定惩罚不听话的莴苣和那个偷偷踏入高塔的人。她一把抓住莴苣姑娘漂亮的辫子，嚓嚓嚓几下，美丽的辫子便被剪落在地。然后，女巫狠心地把莴苣扔到一片荒野之中。

莴苣离开高塔的当天，女巫便把剪下来的辫子牢牢地系在塔顶的窗钩上。

"莴苣，莴苣，我要上去，把你的辫子垂下来。"这天傍晚，王子又在塔下呼喊。

女巫躲在窗后，放下辫子。王子爬上高塔，没有见到心爱的莴苣，却看到女巫正在恶狠狠地瞪着他。

"就是你偷偷踏入我的领地，私会我的莴苣吗？你太可恶了！我要惩罚你！"女巫指着王子说。不等王子解释，女巫便把王子推下了高塔。

由于被女巫施了魔法，高塔下已不再是平整的草地，变成了一片可怕的棘丛。王子掉进棘丛，双眼被扎瞎了。

他漫无目的地在森林里走着，靠吃草根和浆果维持生命，但从未放弃寻找心爱莴苣的决心。王子在森林里寻找了好多年，终于在一片荒野之中找到了他日思夜想的莴苣。

这一次重逢，二人都等得太久太辛苦了！他们百感交集，流下了心酸和幸福的泪水。莴苣的泪水落在王子的眼睛里，奇迹出现了，王子的眼睛竟然睁开了！

这幸福来之不易，王子决定马上带着心爱的莴苣回到自己的王国，过安定的生活，从此不再受苦。

他们日夜兼程，终于回到了王宫，作为王妃的莴苣受到了百姓们的欢迎。从此，他们便幸福美满地生活着，直到永远。